AMÉRICA ANDINA

Bernardo Tello Tueros

Dedicado a las nuevas generaciones que buscan
explicación a su origen y destino comunes, en los Andes.

Impresión y editorial: BoD – Books on Demand
info@bod.com.es - www.bod.com.es
Impreso en Alemania – Printed in Germany

ISBN : 9 788413 263243

ÍNDICE

PRÓLOGO

El amable lector que toma este libro entre sus manos, está a punto de asomarse a un mundo diferente y desconocido para él, ya que las dos historias contenidas en este volumen abren una pequeña ventana hacia el ignoto mundo andino peruano, con sus personajes, ya sean humanos o animales, viviendo y sintiendo aquella existencia inconfundible que la telúrica fuerza de la cordillera imprime al destino de todo lo existente.

Por una parte, nos narra el autor una historia de perfiles realistas en torno a una familia que se extiende desde tiempos inmemoriales hasta la actualidad, una compleja trama de hechos y sucesos extraordinarios, narrados desde el interior en una historia verdadera, recordados con el corazón en una ingenua recreación de lo divino, en un periplo que comienza en los años 20 en las altas tierras de la puna y nos lleva hasta las entrañas de la Lima miserable y dura de los años cincuenta al setenta, para trasladarnos finalmente hasta el plácido presente de los protagonistas de la historia.

Por otra parte somos testigos, también, de la fabulosa historia de amor de un pequeño puma, que abandona su comarca de siempre y su familia felina, en búsqueda de los bellos ojos de una pumita delicada y etérea, llegando hasta la selva tropical, en donde experimenta aventuras inesperadas con la fauna novedosa de aquellos lares, antes de volver a su tierra natal .

El autor, Bernardo Tello Tueros, es una persona sensible originario de tierras alto-andinas y cuenta en este libro lo que él ha vivido, lo que él ha visto, lo que él ha sentido, y lo hace con una visión muy cercana e íntima, combinando un lenguaje cambiante, a veces intimista, a veces crudo, pero siempre sincero y leal.

La lectura de esta obra es amena y fascinante, porque es uno de esos relatos que aprisionan al lector desde el inicio y no lo liberan antes de llegar al final, enriqueciendo sus conocimientos y marcando su alma con una huella de indeleble emotividad.

¡Una obra a recordar!

José Juan Pacheco Ramos

MEL Y BER

Yo tengo en mi casa un espejo en la penumbra que cumple todos mis deseos... me halaga con juego de luces y sombras, resalta mis facciones, se porta generoso cuando de manera disimulada evito mostrar los detalles que no me acepto, sin importar si me mantengo en movimiento o si me quedo quieto, así me presente arreglado o de modo informal, sea cual sea el tiempo que me exponga, tanto cuando planifico esa exposición o cuando le sorprendo en cualquier momento, nunca me incomoda con disquisiciones de si el ambiente de la escena está contaminado o no, también me susurra que el único objetivo que enfoca soy yo. Y con la más alta calificación, siempre me anima a ir donde quiera, a tomar el mundo con mis manos.

Sólo que cuando le hago caso y me alejo de él, salgo de casa y voy por cualquier parte de la ciudad... me asalta un sentimiento de pena y delirio de persecución,   cuando observo en los cristales de los escaparates, en las lunas de los autos, o las superficies de los lentes de cualquier persona, etc., que reflejan de día o de noche, a una figura distorsionada que me sigue por todas partes, con imágenes de resoluciones deplorables, desenfocadas, imposibles de editar de alguna forma, y ni pensar en usar fotómetros a la medida de mis ojos, al margen de una imposibilidad de evitar indeseadas contraluces en el ambiente o sobreexposiciones de elementos perturbadores en las imágenes, que en conjunto no me agradan y me obligan a retornar a casa.

Pero ya encontré la solución: ahora todas las veces que quiero, tomo del bolsillo de mi camisa que queda al lado del corazón donde finalmente he colocado a mi espejo, lo saco, nos miramos, vuelve la armonía... y ambos sonreímos con complicidad, ignorando lo que pasa alrededor.

En otros momentos en los que analizo la realidad, y compruebo que no son los cristales que me reflejan los culpables de las imágenes que no me favorecen, he pensado que tal vez debiera viajar al pasado para tener la posibilidad de escoger los genes que me plazcan y me hagan sentir bien... y para eso he decidido poner una cámara frente al tocador que registre todas las imágenes que se reflejen en el espejo de dicho tocador.

Si llega el momento en el que al exponerme al cristal no veo mi imagen... y luego al revisar el registro de la cámara que coloqué para este evento... descubro que se refleja mi imagen: antes o después de la exposición al espejo... sabré que llegó el preciso momento de viajar en el tiempo, para cualquier fin.

Mientras que eso no suceda, tendré que tolerar bochornosos episodios con referencia a mi imagen, como aquel en el que una persona conocida, me intercepta en medio de la calle de esta ciudad costera sudamericana del siglo XX, para increparme de la siguiente forma:

- Él: ¡Oye!, a ti te andaba buscando...
- Yo: Primero buenos días ¿no?, bien, dime...
- Él: ¿Puedes explicarme, por qué carajos te has metido con mi hermana?
- Yo: ¿Le preguntaste a ella, por qué?
- Él: Eso no viene al caso en este momento, ahora, yo te estoy pidiendo explicaciones a ti.

- Yo: Por si no te has dado cuenta, ella y yo nos entendemos.
- Él: ¿Desde cuándo?, ¿cómo te atreviste?, ¿no te has fijado que no la mereces por ser tan diferente a ti?
- Yo: No te entiendo...
- Él: Pues míranos y ¡fíjate!
- Yo: ¿Qué?
- Él: Ella y yo somos de una distinguida familia... ¿no te has dado cuenta de que, por ejemplo, somos blancos, yo soy alto de ojos claros y tú... pequeño, de color ocre mimetizado con la tierra, tan insignificante que desapareces a los ojos de la gente?
- Yo: Tienes prejuicios que están fuera de tiempo...
- Él: ¡No me jodas!, eres un igualado sin oficio ni beneficio ¿qué de bueno puedes brindarle a ella?
- Yo: Me estás haciendo perder la paciencia...
- Él: ¿Y qué vas a hacer?, yo soy un "Prada" y tu apellido no figura en ninguna parte...
- Yo: Bien, si de hablar de apellidos se trata, yo podría hablar del tuyo...
- Él: ¿Qué puede decir?... Mi padre fue una buena persona, digna, llena de valores... a quien todo el mundo admira.
- Yo: Puedo entender que tú lo admires por ser su hijo... pero eso de bueno y con valores... ¿de qué demonios hablas?, ¿acaso no dejó tragedias por aquí y por allá de manera irresponsable?
- Él: Claro, tu padre es el bueno, pero resulta que es un ilustre desconocido...
- Yo: No metas en este asunto a mi padre... lo que él haya hecho, lo hizo de manera íntegra, solo que las personas idealistas como él, generalmente no son reconocidas, por ingratitud...

El ambiente se caldea en esta calle muy modesta de la ciudad de Lima - Perú, 1975, donde nos desplazamos a pie, y uno al otro nos recriminamos:

- Él: Mi padre fue una persona de éxito y las mujeres se le sometían porque era simpático y con mucho dinero... esas tragedias de las que hablas son el producto de unas cualquieras...
- Yo: Lávate la boca, recuerda lo de mi madre y él... y lo que sabemos es que ese caso no fue la excepción, pues aparte de los hijos de su matrimonio, ustedes incluidos y todos los demás, que son muchos, fueron el producto de un abuso de poder, que hoy se calificaría como actos criminales...

El diálogo se pone más tenso y amenaza con desbordar y derramar sangre que podría llegar hasta el rio... pero antes de ver el desenlace de esta difícil conversación, para poder comprenderlo, es necesario armar un rompecabezas algo complicado. Donde no podemos acudir a las fuentes, a los actores de esta historia, porque la mayoría de ellos ya no existen, desaparecieron de este mundo por causas naturales... hago esta aclaración porque he notado que si alguien no se muere de manera trágica en un relato... por lo general no resulta interesante, y como consecuencia, como no hay morbo de sangre en las escenas de las muertes de estos personajes, es probable que esta narración no colme sus expectativas...ustedes evalúen.

A mí, que últimamente los segundos, minutos, horas, días, semanas, meses... se me han ido intrascendentes, pensando que no pasa nada... resumiendo tiempos idos, me he dado cuenta de que mucha agua ha corrido debajo del puente, en el rio, y a veces me he quitado el sueño rememorando y dando forma a esa etapa de leyenda en la que empieza esta historia.

Cuando hace un siglo atrás (1921), dos viejos locos, en un pueblo de la cima de un cerro llamado Toraya se enfrentan como dos titanes llenos de soberbia... uno traía la fama de haber secuestrado a punta de escopeta, de las narices de un hacendado, a la única hija de éste para hacerla su mujer y el otro de haberle quitado el ojo a su propia hermana, en una broma macabra al pedirle que observase el cañón de su escopeta -para comprobar si estaba limpio- y apretar el gatillo sin ningún remordimiento.

No se sabe ¿por qué?, existía este pueblo en medio del cuello de la cima de una montaña con forma de montura, a cuyo rededor le abrazan dos ríos que confluyen en los profundos faldones del borren delantero, cuando la mayoría de los pueblos se formaban a la ribera de hondas quebradas y ríos, protegidos por los cerros de las inclemencias de la naturaleza que en las alturas azotan con fuertes vientos y tempestades... probablemente alguien tenga una explicación, pero yo no la he encontrado. Mas, sucede que este pueblito de corte colonial se constituía en una especie de imán para mucha gente de los pueblos cercanos... especialmente en las épocas de las fiestas patronales que los curas españoles habían establecido en su afán de adoctrinar a los quechuas originarios de esta región.

Es allí, en ese pueblo llamado Toraya, en su única plaza, con una capilla paupérrima, calles de tierra emparejada, carentes de luz eléctrica, etc., y conformada de muy modestas casas de adobe con techos de tejas a dos aguas, donde se empieza a unir el enmarañado tejido de las vidas de los personajes de este relato, cuando los ánimos se caldean entre estos dos viejos locos llenos de arrogancia y vanidad, por triunfos pírricos que los encumbraban como a dos virreyes, a pesar de que el último virrey había sido echado de este país hace cien años atrás (1821), luego de la guerra de independencia con España... bueno, estos dos belicosos ancianos, después de una festividad religiosa donde se hacían paganas fiestas, ostentosos banquetes, con música oriunda del lugar y bebidas alcohólicas a raudales, son los que en esta ocasión, aprietan el disparador de viejas rencillas... que obliga a ambos a discusiones a viva voz, hasta que alguna gota de agua se derrama y ellos frente a frente, ante el horrorizado estampido de la gente, rastrillan sus escopetas y se disparan mutuamente.

Resultado: el viejo del lugar (Toraya), -que dejó tuerta a su hermana- pierde los testículos con una hemorragia incontenible, y el otro viejo forastero -secuestrador de su doncella-, es evacuado por sus guardaespaldas hacia su hacienda —tras de una montaña cercana- llamada Huayara, aparentemente con algunos rasguños cerca de uno de sus tobillos, pero en general, sano y salvo.

Si este hecho risible se hubiese realizado tiempo atrás, tal vez no habría relato alguno en estas hojas... felizmente el Torayino desquiciado, ya había dejado sus semillas en unos compromisos anteriores y otras relaciones informales y por el resto de su vida solo se lamería las heridas de este bochornoso incidente. De otro lado, el otro viejo Huayarino lunático hasta las médulas, por el resto de su vida, solo le haría la vida imposible a su propio entorno, incluidos sus hijos y su mujer.

La idílica idea de que en el campo todo es salud no se cumplía en estos lugares olvidados del Señor, y no se sabe cómo se recuperaron de este incidente los viejos, allí donde no había centros de salud, ni postas médicas cercanas. En estas tierras donde la convulsión geológica ha dejado profundas cicatrices entre riachuelos, ríos y multitud de cerros como la piel seca y arrugada del rostro más anciano de los hombres de nuestro planeta; donde la salud pendía de un hilo, del azar, de las condiciones de la naturaleza, o de la gracia de alguna divinidad.

En pequeños poblados a kilómetros de distancia entre ellos… la vida dependía también, de esporádicas lluvias, de la cosecha de lacónicos sembradíos, de la crianza de pequeños animales domésticos y de que se gozara de la anuencia entre otros, del Dios Padre, nuestros Señor… según la enseñanza –impuesta- por los curas de nuestra "Santa Iglesia Católica, Apostólica y Romana" … aunque a ciencia cierta, la cultura originaria prehispánica, también hacía lo suyo en cultos y rituales a escondidas.

Por lo general las familias eran numerosas, pero sobrevivían pocos de ellos, especialmente porque no superaban la etapa de la niñez, y la muerte era una compañía permanente, natural, que a nadie llamaba la atención, justamente por la abrumadora frecuencia de sus víctimas.

Del mundo exterior poco se sabía, salvo los conflictos fratricidas del viejo continente occidental que llegaban con excesivo retraso (I guerra mundial), y no existía interés en ellos porque nunca les alcanzaría. Por lo cual, cada familia solo padecía de las tribulaciones de "pueblo chico, infierno grande".

En la cima del cerro, el viejo sin testículos tuvo muchas hijas antes de este incidente... -de varias damas-, con incierto destino para ellas – madres e hijas-, a falta de una actitud responsable de parte del hombre. Una de las cuales, una hija adolescente en ese lugar, acompañada de su madre hacía labores de venta de diversos productos en una pequeña tienda y para abastecerse de mercadería tenían que desplazarse a lejanas urbes y/o pequeñas haciendas feudales cercanas, en este caso a una hacienda llamada Pacxica... donde el dueño de esta hacienda, en alguna de las festividades del poblado en la cima del cerro (Toraya), ya le había echado el ojo a la joven, e incluso había perdido el ojo, en un confuso incidente de carnaval. Y a la primera oportunidad en la que madre e hija fueron a comprar aguardiente de caña a su hacienda, el hacendado llamado "Jul" en medio de la transacción, tubo la desgraciada idea, el siniestro plan, de ofrecer a la madre de la joven unos brindis de más, hasta dejarla inconsciente, para tener inerme, a merced de sus bajos instintos, a la espléndida "flor" que fue "estrujada" sin reparos.

Una niña: "Ana", producto de esta infamia, nunca fue reconocida... y la joven madre quiso reconstruir su vida comprometiéndose con otro mal hombre, que no se hizo cargo de ella ni de un niño producto de esta nueva relación, que le fue arrebatado de sus brazos, por los familiares de ese señor. Y antes de que su vida se arruine por completo, el padre de esta señora joven, el viejo loco –sin testículos-, del cerro de Toraya, trató de arreglarle la vida... embaucando a uno de los parroquianos de la tiendita de esta hermosa y joven mujer, que la cortejaba a pesar de todo.

Sucede que este parroquiano llamado "Lui" era un idealista de las causas perdidas, defensor de los pobres, músico charanguista, que luego de animar alguna fiesta se refugiaba en la tienda con frecuencia a libar licor y haciéndose el gracioso cortejaba a la dueña joven... hasta que en una ocasión llegó malherido por un pleito en defensa de un humilde comunero de origen prehispánico, que era agredido por una persona que se creía un gran señor, sólo por tener la piel clara y que se sentía ofendido por no haber recibido las venias a las que creía que tenía derecho... aquí obtuvo los primeros auxilios, y bebió hasta perder la conciencia y pasó la noche en este lugar. Hecho que aprovechó el viejo para culparle de una falta al honor de su hija y obligarle a casarse con ella... con la anuencia de la dama, quien sin disimulos se sentía atraída por él.

Mientras en otro lugar –Huayara-, el viejo hacendado loco... tenía numerosa prole hombres y mujeres, de los cuales se puede mencionar a la mayor de las hijas que ya no vivía con él, pero que se la recordaba por su característica falta de belleza y la herencia de la demencia de su padre... altanera, soberbia, con estudios concluidos en un colegio de secundaria –raro para los habitantes de esos lugares-, y que tiempo atrás recibiendo los favores de algunos pretendientes, entre ellos de uno que se quiso burlar de las promesas que en tiempos de cortejo le hiciera, se dice que para hacer respetar su honor, a punta de escopeta le obligó a casarse con ella. Luego, ambos se fueron a vivir a la hacienda Pacxica, que este hombre poseía... o sea, cuando este sujeto fue a Toraya y luego abusó de la joven referida anteriormente, ya tenía una hija de este matrimonio y otras hazañas similares, nada dignas de "un señor".

Se presume que el matrimonio forzado nunca fue de la complacencia del esposo... pero ella no tomó en cuenta esta particularidad y pretendió vivir una vida sin preocupaciones... tuvieron hijos y a la esposa se le ocurrió llevar a la casa matrimonial a una de sus hermanas menores, adolescente, la más hermosa de todas sus hermanas, para que la ayude con los niños, mientras le brindaba apoyo para que termine sus estudios la joven.

Y sucedió lo que cualquiera de ustedes pude imaginar: el frustrado esposo, el mismo "Jul" que se aprovechó de la mencionada antes, bella "flor estrujada" ... sedujo a la hermana "flor apasionada" de su esposa, y como parece que en esos lejanos lugares no existía métodos de planificación familiar... nada pudo evitar los frutos de este vehemente y prohibido episodio.

A la señora joven "flor estrujada" del pueblo en la cima de la montaña se le arregló momentáneamente la vida... pero a la joven "flor apasionada" de la hacienda le estalló la vida en la cara... fue condenada, crucificada y desterrada... la hermana mayor juró venganza y nunca la perdonó... ni en el lecho de su muerte.

Jamás se sabrá a cabalidad qué pensaron exactamente, ni qué sintieron estos personajes, en ese laberinto de pasiones, porque ya no existen... pero son las fichas de este rompecabezas, son parte de esas ánimas y espantos que toda mi vida he alimentado para que ahora sobredimensionados, me atormenten y amenacen con devorarme antes de descubrir su forma final.

A los hijos de los viejos, nunca les importó el episodio de la cima del cerro... y tal vez sólo lo comentaban como algo anecdótico, mientras trataban de vivir o sobrevivir a duras penas, sobrellevando el peso de las acciones de estos personajes, sin considerar que dichos actos tenían una trascendencia que afectaría a las siguientes generaciones. Para comprobar eso, debemos escuchar a algunos de los nietos ahora adultos, de estos viejos, quienes consideraron que al igual que la vida de sus padres, la de los abuelos, fueron trascendentes en sus existencias, al determinar su formación y sus destinos.

Para simplificar y seguir de manera sencilla este relato, citaré en tercera persona singular, a una de las hijas de la "flor apasionada" con "Jul", llamada: Mel, y a uno de los hijos de la "flor estrujada" con "Lui", llamado: Ber, en alguna tertulia de amigos o familiares. Son ellos los que en adelante darán forma al relato y podrán expresar sus sentimientos y vivencias en este caso, a partir de este momento.

Ber...

Empezaré con él, debido a que cronológicamente es mayor que Mel... y es el antepenúltimo hijo del compromiso de "flor estrujada".

- No entiendo por qué todos recuerdan a mi abuelo relacionándole con ese estrafalario relato de la pérdida de sus testículos...

Lo poco que yo recuerdo de él, es su gran tamaño, sus rasgos de descendencia española, su tez pálida matizada de vivos colores por una evidente rosácea no tratada... acostándome con cariño, cuando yo era un niño de cinco años, en una cama de un cuarto de su casa en la cima del cerro (Toraya)... aquella vez que en la oscuridad de la noche sentí un resoplido en mi cara que me asustó mucho. En esa oportunidad, en un lugar donde no había fósforo, ni mechero que encender, solo atiné a taparme la cara con la sábana y esperé hasta ver la luz del día al amanecer... y cuál sería mi sorpresa cuando al abrir los ojos... acostada a mi lado una vaca rumiaba tranquilamente. Sucede que el cuarto estaba al lado del potrero y no tenía puerta... por allí había entrado la vaca en busca de refugio.

Mas, el evocar este episodio poco usual... me ha traído innumerables recuerdos que ahora podré abordar.

Mel...

Ella, es la segunda hija de "flor apasionada" ... vivaz e inteligente, que a sí misma se consideraba el patito feo de la familia:

- Uno de los primeros recuerdos de mi infancia, es aquel donde aprecio a mi alto abuelo, de rasgos excepcionalmente ingleses, raro para la región... parapetado en un muro, con un binocular, y su escopeta al lado, en su casa-hacienda solitaria llamada Huayara, dentro de un llano rodeado de cerros.

Probablemente cuando le enseñaron a usar su arma, lo primero que le dijeron fue... que su escopeta era como su mujer: que de ningún modo debía estar lejos de su alcance y que ningún hombre, aparte de él... la podía tocar, por lo cual, siempre la llevaba consigo.

El abuelo vigilaba el territorio circundante a su casa-hacienda en busca de caballos, vacas o cualquier animal que no fuera el suyo, que hubiese traspasado sus linderos imaginarios, para confiscarlos mediante sus peones y obligar a los dueños a que le paguen un derecho de forraje que él había establecido arbitrariamente. Pero no siempre salía con su gusto... porque yo, de unos seis años compadecida de los dueños... los liberaba en un trueque por una tarifa simbólica mucho menor, antes de que el abuelo cobrara o los sacrificara... claro, con la consiguiente rabieta del viejo cascarrabias que, enterado del asunto, al final me perdonaba.

Ber...

Espacio, tiempo... ¡acción!:

- En mi vida los abuelos, fueron estrellas fugaces y en mis memorias que escribí alguna vez, cuando como persona del grupo mayoritariamente invisible de este país quería hacerme notar, apenas fueron mencionados vagamente.

Es preciso citar esos escritos, porque narran mi vida desde un principio, luego de que mi abuelo Torayino -hace años-, obligara a comprometerse a mis padres y ellos formaran y desarrollaran un hogar estable:

"He mudado de piel y creo que me he liberado de un enorme peso... hoy que soy un desconocido y espero no cambiar esa condición, puedo escribir lo que quiera con toda desfachatez.

Puedo decir que alguna vez me creí una joya en bruto, y me he reído de mí, al comprobar que solo lo de bruto me cabe a la medida, que de joya no tengo nada en ninguna de mis aristas.

Cuando escribo en estas circunstancias... sin una razón aparente, pienso que la alegría es irreflexiva e impredecible y considero que la tristeza es la reflexión voluntaria por excelencia. En momentos como este, puedo dejarme llevar por sensaciones personales, como una hoja de otoño echada al viento, sin un destino o final conocido.

La decisión de tomarme la libertad de escribir con la arbitraria opción de mi propia iniciativa, hace que no me importe nada, posiblemente no tengo un tema para escribir y no me importa que importe a alguien lo que escribo... como dicen algunos opinólogos: "tu tema no le importa a nadie, ni siquiera a tu madre o a tu perro"... porque la intención de ellos es de encasillar en la conveniencia de algún interés predeterminado al que escribe... lamento decepcionarles.

Y sólo en estas circunstancias puedo decir, que puedo sentirme triste sin explicación o puedo sentirme alegre como un orate, sin una razón justificada. Y me vienen ganas de contar algunas vivencias, ideas, que se quedaron en el camino, congeladas por las circunstancias, o acalladas por ellas, pero que ahora me niego a silenciar... escribiendo no lo olvidaré. Aunque seguramente eso pasará de todos modos, cuando esté cerca al umbral de la muerte, cuando la mente deteriorada lo confunda todo y no sepa qué fue real y qué no... cuando saque la conclusión de que ya nada importa, porque la oscuridad de la muerte lo suple todo.

Yo que me siento parte de la multitud y espero terminar mimetizado en ella, percibo que hay cosas que nos pasa a todos... seguramente obvias, pero que a veces las circunstancias no nos permiten analizar, para evitarlas o afrontarlas de una mejor manera. No me pidan que dé una razón para escribir sobre eso, tal vez solo siento el mismo impulso que tuvieron los hombres de las cavernas para pintar las paredes de sus cuevas.

Algo de eso debe haber, porque, por ejemplo: ellos no lo hicieron por dinero... y tal vez existe más de ese componente primario que impulsa a actuar a las personas: el deseo de expresión. Casi siempre las pintas y los textos se desarrollan a solas... pero no se hacen con un deseo de solaz complacencia, si no, que se espera que alguien lo vea alguna vez y de ser posible, lo apruebe.

A veces pienso que también es porque estamos inexorablemente destinados a actuar, no admitimos la quietud como una opción y por eso escribimos... generalmente sobre asuntos primarios como el bien y el mal, debido a que aparentemente, las personas, somos los seres que más rollos nos hacemos al respecto, ya que los animales de otras especies inferiores actúan de manera práctica, por instinto, de forma simple y generalmente posible.

Por la licencia que me he atribuido de escribir sobre mí mismo -¿Qué modestia no?-, podría decir de manera general que soy un hombre común, que no tengo título ilustrado, que tengo una pésima memoria y podría quedar encasillado en alguien que desconoce muchas cosas y a pesar de eso le entra las ganas de decir algo, desde la perspectiva de un ser marginal, del cual pocas personas se enteran y ni saben lo que piensa o simplemente le ignoran.

A nadie aliento a leer estas líneas –por si no lo he dicho antes-, solo hay cosas simples, nada de sorpresas... pienso que el presente es lo único que podemos manejar con certeza, el pasado se convierte en una nebulosa y el futuro aún no existe. Es ahora cuando decidimos obrar para bien, para mal o la nada.

Debido a mi memoria frágil, no recuerdo mi infancia como debiera, tímidamente podría decir que lo más lejano está relacionado a una plaza pública, observando hormiguitas que se desplazan del pasto de un jardín a un montículo de tierra al borde de la vereda... desde donde se podía observar también una iglesia, con cúpula enorme y al centro de la plaza que está a su puerta, una hermosa glorieta, en una pequeña ciudad de los Andes. No era casual que yo estuviera allí, es el lugar donde nací –Abancay- y donde, dando mis primeros pasos, constantemente desertaba del jardín de la infancia para involucrarme en el increíble mundo de los insectos, que me fascinaba porque todo lo hacían bien y de manera disciplinada desde mi perspectiva infantil.

Cansado y hambriento luego de estas labores, recuerdo que me dirigía a mi casa, una de corte colonial simple, todo de un solo piso, de adobes y tejas, donde los animales domésticos andaban con plena libertad, por el patio y los jardines de la misma. Recuerdo que me llamaba mucho la atención un hermoso gallo de pelea de mi padre; yo pretendía que fuese mi mascota sin tener en cuenta que no son juguetes de peluche, si no que tienen sus propias actividades, diferente al de los seres humanos y por eso se resistía a mis mimos... hasta que un día lo tomé por la fuerza y empezó a aletear tratando de manera inútil de zafarse de mis brazos que aprisionaban su cuello con todas mis fuerzas... hasta que dejó de respirar. Ver el cuerpo inerte del pobre animal, me enfrentó por primera vez a la muerte, al sentimiento de culpa y a la noción de impotencia de no poder remediarlo.

Recuerdo también, despertar con el sonido de un primus que se asociaba a un sabroso desayuno y a mi madre que lo preparaba. Viene a mi memoria el cuarto de sastrería de mi padre en otra habitación que daba a la calle, no sé si de la misma casa. Recuerdo las calles empedradas de la ciudad, las tiendas de juguetes, de donde percibía desconocidos y agradables perfumes, donde observaba, extasiado, juguetes que nunca llegaron a mis manos.

Deduzco que, por ese tiempo, vivía con mis padres y cuatro hermanos: tres mayores y una menor... pero por más esfuerzo que hago no los recuerdo asociados a mis actividades o yo, al de ellos, y no sé por qué razón.

En ese tiempo no había otro motivo que me llamara la atención, aunque en otras partes del mundo se vivía tiempos de postguerra (II guerra mundial), por lo cual, el rechazo a toda clase de violencia se generalizaba y la razón valoraba, sobre todo: a la paz. Pero en estos lugares eso no tenía sentido, pues las noticias llegaban después de años, como si fueran de otra galaxia.

La dinámica de la vida, hace que nada sea para siempre y debido a problemas económicos en mi familia, tuvimos que abandonar esa ciudad... ahora no sé dónde me encuentro, pero logro percibir el ruido del motor de un ómnibus (Aymarino) que nos lleva por una carretera, polvorienta, serpenteante cuesta arriba de una montaña, en realidad un cúmulo de montañas, que al tomar cierta altura, mostraba cerros semiáridos, de color gris monótono, con ausencia notoria de plantas que demostrasen que hay agua, aunque sea de lluvia.

El objetivo de este viaje era mitigar las carencias por la quiebra del negocio de mi padre (sastrería), e ir al refugio del hogar primero de mis padres.

Para llegar allí, había que bajar del carro en un lugar cercano, la carretera seguía de largo; recuerdo un puente, un rio que confluía en otro, una casucha... a partir de allí, seguir por un camino que iba paralelo al curso del rio afluente, caminar siempre cuesta arriba, luego, abandonar el rio y escalar un cerro, por momentos por pequeños senderos, por momentos imaginándolos, improvisándolos, entre yerbas, tunales y cabuyas, uno que otro molle por allí... me parece que esa rutina duró medio día... parecía que no había nadie más que nosotros en el mundo alrededor, la carencia de ruidos hacía más notorio el piar de algún pajarillo solitario en la rama de algún arbusto o el silbido de alguna serpiente cercana en su nido... entre las rocas.

El destino en 1955 nos arrojaba a la cima, a la loma de un cerro que tenía como distintivo el remate de otro pequeño cerro al que todos tomaban como tutelar, con cierto temor y respeto. Debimos haber llegado de noche al pueblo originario de mis padres, llamado Toraya, porque no lo recuerdo a primera vista.

Tampoco recuerdo cuanto tiempo después, mi mente vaga por uno de los flancos del cerro, pasteando ovejas que mi madre me encargaba... la secuela de pobreza dibuja en mi apariencia un aspecto deplorable: los zapatos rotos, ropa modesta improvisada con la que usaba y dejó mi padre al marcharse a la capital de la república, en busca de justicia para su comunidad -mal llamada indígena, en vez de campesina, originaria, nativa o Quechua- olvidada y desconocida por el estado y maltratada por los poderosos del lugar, y de paso, intentar la posibilidad de un mejor porvenir para nosotros.

En ese momento yo no tenía conciencia de la situación y era feliz a pesar de todo, con mi cancha y mi queso como merienda, con el balido de las ovejas, con las flores silvestres y uno que otro coqueto manantial por la quebrada. Seguramente era primavera, porque recuerdo mariposas y el sol radiante bajo un cielo despejado y azul.

Algunas imágenes se filtran en mi memoria, como el de mi abuelo fantasmal, casi siempre ausente y por lo general indiferente, con excepciones como la vez que me hizo dormir en uno de los cuartos de su potrero... tan distinto a la gente del lugar compuesta por personas humildes, que siempre nos regalaban sus sonrisas y afectos de manera espontánea.

Hoy me he dado cuenta de que hasta el paraíso deja de serlo, con la presencia humana. El pueblo que era pequeño, muy pequeño, es probable que no fuera muy antiguo... porque no había rastros de construcciones prehispánicas, sino más bien de unas de corte colonial: una plaza central sin ningún adorno, una iglesia, una plaza de toros, el cementerio, unas cuantas casitas de adobes con sus techos a dos aguas, de un solo piso, que se complementaban para cerrar la plaza frente a su cerro tutelar. La gente era mestiza, algunos blancos descendientes de los conquistadores españoles... pero todos sin distinción alguna, hablaban el idioma quechua originario de la región.

Este lugar que parecía el Edén, en ciertas épocas se transformaba en un infierno, cuando se aglomeraba gente en la plaza, por alguna festividad cívica, religiosa, e incluso algunas paganas originarias, mimetizadas con creencias occidentales traídas por los españoles. El espectáculo empezaba en la plaza principal y terminaba en la plaza de toros con alguna faena, con músicos improvisados, abundante chicha, aguardiente, hoja de coca y comida. A partir de allí y hasta el final todo se hacía exagerado: las voces altisonantes, actitudes incoherentes, falsas alegrías e innumerables conatos de pelea, que me asustaban mucho.

Pero el horror no terminaba allí, luego de la fiesta todo era ausencia, ni sombra de la gente y faltaba todo, incluso los alimentos... porque se había consumido en la "fiesta" precedente sin contemplaciones, hasta la última ración. En una de esas ocasiones, mi madre fue a reaprovisionarse a algún lugar remoto, dejándonos a mi hermana menor y a mí, bajo la tutela de la abuela materna, mientras ella –mi mamá- marchaba con el ultimo de mis hermanos recién nacido a su espalda envuelto en una manta... la abuela prometió cuidarnos, pero su interés desapareció luego de algunos tragos de alcohol y de la resaca precedente y se fue no se sabe a dónde, ni hasta cuándo.

Nosotros habitábamos una casa de tres ambientes: una habitación como sala, comedor y cocina a fogón de leña, con un arco grande como puerta al patio... todo se hacía en el suelo, a excepción de un banco largo a todo lo ancho del cuarto principal, construida de adobe, madera y barro; otra habitación hacía de dormitorio para todos; y encima de ellos, un almacén general en un segundo piso... la casita era de adobe, con techos de tejas a dos aguas y el piso de tierra, como casi todas del lugar. A mí me parecía "enorme" desde mi perspectiva infantil, viéndolo desde abajo, hasta que alguna vez, después de mucho tiempo cuando pude observarla desde arriba, como adulto... semiderruida, descubrí que en realidad era muy pequeña.

Delante de la casita había un gran patio de tierra, una pirca o cerco que la separaba de una pequeña chacra, toda nuestra...

Yo tendría en ese momento unos 7 años y en ese lugar donde nunca faltaba, cancha, mote y papa... yo me sentía bien, tranquilo jugaba con lo que tuviese a mano, en ese momento no sentía la ausencia de mi madre ni el de la abuela, a pesar de haber pasado unos días... estaba acostumbrado a la soledad mientras pasteaba a las ovejas... hasta que la inmovilidad de mi hermana menor en una cama me llamó la atención. Yo traté de despertarla, sin obtener resultado... ¡Qué caliente está!, decía para mí... y no sabía qué hacer ni a quién acudir, pues ya lo dije antes, toda la gente del pueblo había desaparecido como por arte de magia.

Hasta que un par de días más tarde volvió mi madre y al verla en ese estado se alarmó. Llamó a todas las personas conocidas que pudo en busca de auxilio, pidió consejos... le dieron "Mejoral" que era el único remedio que existía en la zona para todo uso, le hicieron un baño sauna en vista de que ahora parecía que perdía temperatura inexorablemente... pero todo fue en vano. Otra vez un cuerpo inerte, unas lágrimas, algo de sentimiento de culpa y la sensación de impotencia frente a lo irremediable, en todo el ambiente. A kilómetros a la redonda no existía un centro de atención de salud... y de nada hubiese servido llegar a uno, pues ya era tarde en ese momento.

La tristeza y el desconsuelo consumían a mi madre... aun así me alentaba a ir a jugar alrededor de la casa con el último de mis hermanos. Con él al lado, hacía diversos juguetes con la arcilla de colores que encontraba al canto de la acequia que pasaba al costado de la casa. Con esa plastilina natural, modelaba todo tipo de juguetes: carros, casas, puentes, animalitos y santos, que, a semejanza de un retablo, guardaba en un hueco de la pirca, como si fuera una gruta... en el cerco del patio de mi casa.

A estas alturas, deduzco que fuimos siete hermanos por parte de mi madre: la mayor, que estudiando secundaria se quedó sola en la ciudad de mis primeros recuerdos donde nací (Abancay), el segundo que le fue arrebatado a mi madre, por los familiares del padre del niño; el tercero de padre y madre, que nació con epilepsia y retardo mental que en algún lugar del camino falleció; el cuarto, que le había seguido a mi padre al poco tiempo de que se fuera a la capital; el quinto que soy yo; la sexta que falleció a mi vista y el séptimo que había nacido en este pueblo, a poco tiempo de la ausencia de mi padre.

Con este bosquejo de la familia, puedo tener la certeza de que, los que, aquejados por todo tipo de tribulaciones, los que partimos al encuentro de mi padre en la capital de la República y dejamos este lugar, lleno de emociones encontradas... fuimos mi madre y el último de mis hermanos.

El día de la partida, el clima bondadoso nos recordaba bellos momentos... pero nada consolaba a mi madre, que lloró con amargura al alejarse de la casa, cruzando la plaza principal del pueblo, pasando por el cementerio, bajando por la quebrada, hasta perder de vista el pueblo al que ella jamás regresaría.

Por supuesto que para ir donde mi padre, nuevamente tendríamos que llegar a la carretera entre cerros, ríos, puentes y la característica casucha de San Francisco, donde nos embarcaríamos en un viaje de miles de kilómetros hasta Lima.

Esa noche en la carretera sobre la cima de imponentes macizos andinos... nunca el cielo lució más despejado, más oscuro, ni las estrellas brillaron tanto, ni la congoja fue mayor.

¿Por qué serán tan sensibles, la gente altoandina, ¿no?

Mel...

Ella, como comenté al principio, es una persona diferente: optimista, infatigable y, sobre todo, pragmática:

- Mi abuelo por parte de madre ha marcado mucho mi vida, desde un punto de vista de mi formación temprana... a tal punto que el idealismo como a él, nunca me quitó el sueño: al pan, pan... al vino, vino.

Recordar es volver a vivir... por más que digan que cada vez que evocamos modelamos y modificamos los recuerdos, hasta apartarlos de la realidad... no tengo problemas en que se transforme en ficción este o cualquier otro episodio de mi vida.

El recuerdo de mi familia en mi infancia me lleva a ver a mi madre, a mi abuela materna, a mi hermana mayor, a mi hermano menor y a los demás familiares por parte de mi madre que vivían cerca también, tanto como a una serie de personas entre servidumbre, peones del abuelo, arrendatarios de sus chacras, en la magnífica casa-hacienda mi abuelo por parte de madre, en una explanada custodiada por cerros por todos lados, llamada Huayara.

A esas alturas yo no entendía por qué llegamos a vivir allí sin la presencia de mi padre... probablemente más tarde llegue a comprenderlo.

Yo era una niña despreocupada pero muy feliz de estar en este lugar y sus alrededores... no permitía que se me avasalle con cuidados excesivos y hacia lo que me parecía, siempre... tal como marcharme frecuentemente de la hacienda para irme sola a lugares distantes en el campo o entre cerros deshabitados, donde buscaba nido de pajaritos en los árboles accesibles para mi edad. Yo tomaba los huevecillos de los nidos de las ramas y los llevaba a los nidos de las gallinas de la casa, con el propósito de experimentar a ver si eclosionaban con los otros huevos de las aves de corral... ya pueden imaginar el resultado.

Era tanta mi curiosidad que muchas veces en esa búsqueda de nidos, encontraba en los mismos a ratones o culebras que me asustaban mucho y a pesar de eso no escarmentaba.

En mi cabeza solo giraba la idea de que, por ser nieta del dueño de esos lugares, todo me pertenecía, incluido personas, animales, plantas, y las demás cosas de ese territorio... allí el paisaje era natural... no estaba contaminado por la excesiva presencia del hombre... y tomaba de ella hasta las piedras a las que imaginaba con formas humanas, haciéndolas pasar por muñecas.

Era tan inquieta y era tal mi curiosidad en esta inmensidad, que a veces descubría vetas de sal en las laderas de los cerros, animales salvajes en pequeños reductos como mini selvas en algunas hondonadas... allí había búhos, codornices, zorrillos, vizcachas, serpientes, y hasta pumas que me causaban mucho temor... allí paraba hasta altas horas del día... y al final cansada, siempre llevaba a casa algún trofeo, como insectos, flores y frutas, entre ellas: tumbos, tunas, pacayes y frutos de zarcillos desconocidos... pero sobre todo: serpientes para ofrecerlo a alguno de los trabajadores para que le saque la grasa y sea útil como ungüento para curar heridas y golpes.

Todos los días salía, me escapaba, a lugares diferentes, como la casa de los campesino cercanos y sus sembradíos, a veces en estado de brotes o cosechas... para confundirme con la gente humilde de esas tierras circundantes que también decía el abuelo le pertenecían... participando de sus meriendas, de sus diálogos y en ciertas ocasiones para impartir mi autoridad en las horas de descanso, obligándoles a formar fila, marchar, cantar el himno nacional o deletrear y escribir de manera básica como yo lo hacía en el primer grado de la escuela inicial... claro, yo lo hacía de manera seria... aunque a ratos descubría risas y burlas disimuladas de parte de ellos.

Como consideraba que todo me pertenecía, en muchas ocasiones al regresar a la casa, a veces encontraba animales domésticos en el camino a los que lazaba y llevaba para mi uso... tal como en una ocasión en la que me apropié de un manso burro que me sirvió por muchos meses, hasta que apareció su verdadero dueño.

Algunas veces mi hermana mayor participaba de estas aventuras, acompañándome a poblados más distantes, donde había festividades religiosas en las plazas, y hasta el cansancio esperábamos a que la gente se reúna en la iglesia para dejarnos a merced sus casas, de donde sustraíamos los adornos de los techos de las viviendas que consistían en pequeñas cruces, estrellas, campanitas, figuras de animales como gallos, ovejas, vaquitas, perritos, etc., causando la sorpresa, disgusto y susto de los habitantes... debido a que ellos le daban un sentido mágico a estos elementos que luego desaparecían en nuestras manos. Eso sucedía con cierta periodicidad... hasta que fuimos descubiertas por nuestra propia madre debido a la queja de la gente y, por lo tanto, tuvimos que poner fin a esa actividad.

Esto era para nosotras el paraíso, nada se nos era prohibido, incluso hacíamos víctima a nuestro hermanito menor, a quien le quitábamos sus pantalones para ponerle nuestras faldas y reírnos de su inocencia. A veces usaba yo misma el pantalón de mi hermanito para parecerme un varón y unirme a los hombres mayores que iban a la caza de toros, caballos, vicuñas, venados, etc., salvajes... en lugares inhóspitos en alturas lejanas a la hacienda, en sitios tan alejados que la niebla nos envolvía y el ichu (paja de las alturas) era nuestra compañía más numerosa.

Alguna vez he pensado que hacía todo esto para evadir la realidad, pues en la hacienda no todo era color de rosa... al abuelo le hacía gracia hacerme lavar sus pañuelos y alguna venda de una herida en la pierna cercana al tobillo que nunca se le sanaba, para darme una propina, mientras él despilfarraba la riqueza de la familia en fiestas de todo tipo, desde las patronales hasta las cívicas, pasando por cumpleaños, bautizos o cualquier motivo que se le antojara, en jornadas que llevaban semanas en cada caso, con invitados de toda especie, como autoridades políticas, eclesiásticas, policiales, ganaderos, comerciantes que tenían negocios con la hacienda, etc., incluido a forasteros de quienes no tenía ni la menor idea de sus actividades, con tal de que le secunden en su ansias de grandeza y consumo de alcohol, exponiendo a su familia y a sus hijas especialmente, a riegos impensables mientras él daba satisfacción a sus desvaríos motivados por su locura.

El esplendor de la casa hacienda, heredada sin ningún costo para él, de parte de sus suegros, fue palideciendo debido al desgaste y falta de mantenimiento, mientras la crueldad con su familia y sus trabajadores crecía cada día más.

Al parecer nadie podía detener el apocalipsis familiar y mi instinto de conservación me llevaba a tomar esas iniciativas peligrosas fuera de casa, incluso en épocas escolares, como en cierta ocasión en la que pernoctábamos con mi hermana en una casita a la rivera del rio, cercana al colegio y muy distante de la casa-hacienda, donde al despertar nos dimos con la sorpresa de estar rodeadas de agua dentro de la casa, mientras el rio al desbordarse se había llevado todo, incluidas nuestras pertenencias.

Este peligroso episodio, marcó un antes y después de esa etapa de mi vida, porque a raíz de eso, mi madre y mi hermanito dejaron la hacienda desde donde me desplazaba hasta el colegio, para estar cerca de nosotras en el poblado donde estudiábamos. Pero eso no fue impedimento para hacer de las mías.

Dentro de este nuevo contexto en la que mi madre emprendió el negocio de panadería artesanal para poder sostener la economía familiar... personalmente me convertí en su proveedora de mano de obra para el negocio, pues en la escuela en vez de preocuparme de estudiar, lo que hacía era investigar la mano de obra barata para el horno, entre alguno de mis compañeros pasaditos de edad para ese grado.

Hasta que todas estas novedades llegaron a oídos de un tío sacerdote que se escandalizó de todos estos hechos y obligó a mi padre a que asuma su responsabilidad de protegernos y educarnos en un lugar seguro.

Pero poco antes, la gota que rebalsó el vaso de agua, fue que en cierta ocasión enterada de que mi padre era aquella persona que había seducido a mi madre, sin considerar que era su cuñada... propiciando el repudio de todos y arrojándola a la tutela de su padre loco, alcohólico, machista, egoísta y maltratador... mientras él vivía como si nada con su esposa, en su propia hacienda muy lejos de la de mi abuelo... decidí ir en su busca para conocerle... acompañada de una persona conocida hasta él.

Con esta persona que era una mujer campesina, conversamos en el camino para enterarme que todos mis hermanos fuimos el producto de mi padre con mi madre, incluso mucho tiempo después de que mi madre fuera arrojada de la hacienda con el primer pecado a cuestas, etc. Cuando llegamos hasta el centro de labores de mi padre, dentro de su hacienda, ella se acercó a él hablándole en idioma quechua para explicarle la razón de su presencia... pasado algunos ratos de tensión... mi padre se acercó hacia mí con aires de reproche, sin conocerme, para regañarme por mi presencia sin su consentimiento, pues con toda seguridad temía que se arme un lío indeseado con su esposa.

Y para expiar sus culpas en vez de darme afecto, lo que me alcanzó fue un billete de alta denominación... yo en tono altanero, en son de reclamo le respondí ¿eso no más? Claro que no prestó oídos y tal vez no descifró si se trataba del dinero o de algún gesto esperado, eso me causó mucha ira. Dentro de mí clamaba venganza y no pararía hasta lograrlo.

La ocasión llegó cuando supe que se había desplazado a un lugar cercano a la hacienda de mi abuelo, haciendo negocio de compraventa de ganado... ni corta ni perezosa, ordené a uno de los peones de mi abuelo para que me acompañe –mi fiel e incondicional Job - e ir al lugar. Mi plan era despojarle de alguna de sus reses con la complicidad de mi ayudante, todo lo planeamos muy bien y de manera sigilosa, lazamos a una vaca y nos la llevamos... y aunque parezca mentira, sin mayores contratiempos, ¡lo logramos!

Y el premio resultó mayor de lo que esperaba, porque era una vaca que estaba preñada... seguro que al enterarse de quien le había quitado algo que ella creía que le correspondía con apenas siete escasos años de edad... y se constituía en un gran peligro para su estabilidad económica, familiar y social... se decidió a aceptar la propuesta del sacerdote, para llevarnos a mí y a mi hermana mayor lejos de allí... es decir lo más lejos posible... al ombligo del mundo, a la ciudad de Cuzco, donde en adelante estudiaría con mi hermana mayor.

A partir de entonces la historia cambió para siempre... pero eso les contaré luego de una pausa, aunque también soy una persona impaciente, por lo que esperar para contarles de esta nueva situación no me hace gracia.

Ber...

Pero un niño, como una espiga zarandeada por un temporal, si no se le arranca de raíz... se repone rápidamente. Y nuevamente a bordo de un carro, me veo viajando de la sierra a la costa y en el camino con admiración descubro bellos lugares: cerros de diferentes colores, pampas con ichu en las alturas, animales auquénidos, aves, la niebla a ras de suelo, el hielo que se formaba en las lagunas congeladas, algunos manantiales que se dirigían a la costa, etc.

Al llegar a la ciudad de nuestro destino, había olvidado que existía la luz artificial (eléctrica): me deslumbraron los faroles públicos, los avisos luminosos de múltiples formas y colores, la aglomerada procesión de los carros por las calles y la gente de color... más oscuras o claras que yo.

Me sorprendió la sorpresa de mi padre, al vernos frente a él a mi hermanito menor y a mí... pensando que éramos los hijos de la prima que nos llevó hasta donde él se encontraba. Mi padre no estaba enterado de nuestra llegada, porque desde el pueblo donde partimos no existía ningún medio de comunicación (teléfono, correo, telégrafo o radio: nada, ni paloma mensajera)... la prima novelera donde nos alojamos al llegar, se anticipó a mi madre... y mi padre que no me veía en años, ni conocía al último de mis hermanos, se quedó desconcertado, cuando la prima le aclaró que los niños a su vista, eran sus hijos y no los de ella y sin reflejos, se quedó parado frente a mí sin hacer nada. Yo hace tiempo había esperado con ilusión ser estrechado entre sus brazos, o yo caer en los brazos de él... no pasó nada de nada, signos de una ciudad que desilusiona, luego del resplandor inicial.

Al llegar a la capital, rompíamos un aislamiento involuntario, nos conectábamos al mundo... me imagino los influyentes diarios hablando de la guerra civil en China, en Corea o la sangre derramada en una isla del Caribe... y yo infinitamente desorientado en cuanto a su significado... cuánto dolor en el mundo... y yo ni siquiera sabía leer... por lo tanto, solo mi entorno familiar era los más importante para mí en ese momento.

Se pierde en mi memoria los primeros días, la familia nuevamente unida... yo tendría 8 años y no comprendía la razón por la que un día nos vistieron a mis hermanos y a mí, de fiesta... mientras que todos en un salón nos miraban con compasión. ¿Por qué?... algunas personas se vestían de negro y ¿qué hacía mi madre en un cajón?, me imagino que existe algún mecanismo de defensa que a esa edad nos protege de todo mal, no tuve conciencia del cuerpo inerte, no recuerdo haber sentido algún pesar o culpa... nuevamente frente a lo irremediable, solo sentí que todas las dimensiones se percibían distorsionadas y posiblemente estaba en estado de shock, solo Dios lo sabe... también perdí la sensación de tiempo-espacio, en ese momento... y solo me dejé llevar por el vértigo de las circunstancias.

Después de eso, recuerdo un modesto taller de sastrería de mi padre, en un mercado al que llamaban "Paradita" en el "Chicago Chico" limeño, un cuarto de madera hecho de manera rústica en el mismo mercadillo, una vela, un "primus" donde cocinaba lo que podía mi hermano mayor (que aún seguía siendo niño), el mismo primus perdiendo estabilidad y derramando cuáquer hirviendo sobre mis piernas, el Hospital del Niño... nuevamente jugando en los polvorientos pasillos del mercadillo, un estallido a pocas cuadras de allí, de una bala o bomba con la que jugaban unos niños y que habían encontrado entre los matorrales que aún existían alrededor... han muerto todos afirmaban... vestigios de la guerra, decían... los niños qué sabrían de eso?... algo hablaban de Chile.

Parecía que todo aquí era violencia... no bastaba con los estragos que los microbios hacían de nosotros, sino que nosotros mismos hacíamos estragos de nosotros. El caos en este lugar era algo usual, en las calles no faltaban motivos para que la gente tomase piedras de las calles sin asfalto, para arrojarlos de una casa a otra casa, de un callejón de un solo caño a otro, de una calle a otra calle: niños y adultos contra otros niños y adultos, barrio contra barrio, hermanos contra hermanos, ¿A dónde había llegado a parar?

Mel...

Sentada cabizbaja, en una carpeta de un salón de segundo grado de primaria... recordaba como mi madre –por orden de mi padre-, me había traído y dejado junto a mi hermana mayor, en este colegio en calidad de internas... mientras ella volvía a la tortuosa casa-hacienda de su padre, junto con mi hermano menor.

Desarraigada del paraíso, para vivir confinada en una ciudad hasta entonces desconocida... sentí que había perdido todas mis atribuciones de dueña de una hacienda, para confundirme con el común de la gente y con la desventaja de no haber aprovechado el primer grado de primaria, porque la directora de ese colegio era una tía que nunca se tomó la molestia de que me enseñen algo... no solo eso, yo era bilingüe quechua – español, en un lugar donde ahora únicamente se hablaba en castellano... solo que sabía más quechua y mi acento era muy pronunciado en este idioma, grave desventaja en este lugar. Mi abuelo en la hacienda me forzaba a hablar en castellano y yo, que paraba más con sus trabajadores quechua-hablantes, siempre le respondía: me duele la lengua con tu castellano.

El primer año aquí –el de segundo grado de primaria- la pasé de perfil bajo, pagando piso de ser nueva... frente a niñas crueles que me hacían notar todos mis defectos, exagerándolos, enrostrándomelos... incluido mi famélico estado físico. Atribulada por estas agresiones, muchas veces recurría a ruegos y oraciones en la capilla del colegio sin obtener respuesta, hasta que recordé algo que el abuelo decía: "si la montaña no viene a ti, ve tú a la montaña a conquistarla", hice mis planes y estrategias –algo extenso de contar ahora-, para abordar a las más hostiles y con perseverancia, lo logré... como siempre, con la premisa de que: a parte de mi estatura pequeña, nadie, ninguna persona, era mejor que yo... para sentirme menos que cualquiera.

En el siguiente año (tercer grado), me sacudí de todas mis mochilas y aproveché la desventaja del quechua para volcarla al inglés... en la construcción gramatical eran similares, lo que me catapultó en el inglés por lo cual fui reconocida como poliglota destacada... lo que fue un incentivo para aprovechar todos los demás cursos.

Mi apoderado en esta ciudad lejana a mis padres era el tío sacerdote que había recomendado esta situación... él, todo un personaje en la ciudad y sus alrededores gozaba de la capacidad de influir en el clero y para el cuarto grado, apoyó en las condiciones de infraestructura de un nuevo centro escolar, para pasar a este colegio religioso de mujeres, donde concluí incluso la educación secundaria.

Cambiar de colegio me llenó de confianza y optimismo... factores que me sacaron del anonimato por mis capacidades intelectuales y personales.

Pero siempre perseguida por algún drama... en vacaciones no salía del colegio y un enemigo de la familia no quería soltarnos, un factor de trasmisión genética se hizo evidente en mi hermana mayor que me acompañaba, con síntomas de desórdenes de conducta incomprendidos en ese momento y diagnosticada décadas más tarde como "trastorno límite de personalidad".

En algún momento mientras terminaba la primaria a ella la alejaron del colegio, lo que me afectó tanto, que pensé que yo también debía tener algo de lo mismo... el misticismo se apoderó de mí, quería emular a Santa Rosa de Lima, rogando en mis oraciones a Dios para que también a mí me mandase todas las plagas del mundo para redimirme... tenía sueños que yo interpretaba premonitorios... figuras deformes y oscuras en puertas, ventanas e incluso presumía que debían estar debajo de mi cama también y empecé a forrar mi colchón y cabecera con todas las estampitas de santos que pudiera conseguir. Tiempo después cuando todo desapareció... lo relacioné con la noticia de la muerte de mi abuelo.

Eso me afectó mucho, pero lo superé con mi lema: resbalar, caer, una o mil veces puedo... pero siempre tendré el valor para levantarme y seguir.

Ber...

En ese momento yo no comprendía nada... pero nuestro traslado no era casual... mucha gente había migrado de toda la sierra a la costa, debido a una terrible sequía cíclica en las alturas que hacía insostenible la subsistencia, porque todos los sembradíos se arruinaban, o sea, nada de cosechas que era el único medio de subsistencia para la mayoría de la gente. Pero la costa y en especial la capital del país, no estaban preparadas para eso, las oleadas de migrantes se convirtieron en tsunamis y el caos era total... había invasiones, tomas de tierra por todas partes, la gente que no sabía de qué vivir tomó las calles generando sus propios medios de subsistencia como comerciantes "ambulantes" primero, luego en "mercadillos" informales, mientras que legiones de desocupados deambulaban por las calles o hacían enormes colas con la esperanza de un puesto de trabajo en las pocas fábricas y comercios existentes.

A eso se sumaba la explosión demográfica que asfixiaba y colapsaba todos los servicios públicos, los nacimientos no se detenían y el estado no podía manejar ese escenario... pero a un niño qué le puede importar todo eso?, sin la tutela de mi madre, mi padre dedicado a sus obras en su taller de sastrería... mis hermanos y yo hacíamos lo que queríamos, generalmente en la calle, donde la violencia me parecía de los más natural: cuando veía pelear a mi hermano mayor, yo peleaba también, cuando el grupo de niños al que "pertenecía" decidía pasar corriendo en trencito por los pasillos del mercadillo tomando a la carrera "lo que estuviese al alcance de la mano" de los puestos de venta... lo hacía también, pero sin fortuna –si se puede llamar así-, porque al ser uno de los más pequeños, era a mí a quien atrapaban. Recuerdo que por un plátano me llevaron donde mi padre, quien me dijo que no tenía que hacer eso porque él podía comprarme los que quisiera... pero las razones de mi padre para dejar de hacer eso no eran suficientes, pues las decisiones del "grupo" tenían mayor peso para mí. En ese momento no me daba cuenta de que el hilo que separaba el bien del mal yacía inerte, por los suelos, mi autocensura se desmoronaba y no había signos ni esperanzas de redención.

Mi hermana mayor Ana, que había llegado a la ciudad, se esmeraba en mantenerse en el estudio y trabajo en un hospital, donde le exigían hacer un internado que le obligaba a quedarse allí... ni esperanzas de que viera por nosotros. Los demás familiares si no estaban lejos, sobrevivían a duras penas en medio de la crisis.

Mi padre viudo, cuidaba como podía de mi hermano mayor (aun niño), de mí y de mi hermanito menor... él hacía lo que podía mientras trabajaba en su negocio, pero nosotros nos escapábamos como el agua entre las manos. Pero, aun así, llegaba a estudiar a la escuelita fiscal del barrio, en esos días a pura palmeta, porque no aprovechaba... no había nadie en casa que me ayudase a complementar las clases, mal trajeado, mal alimentado, mal cuidado, con el peligro acechando en la calle... parecía que todo estaba en ruinas. Cuánta falta nos hacia nuestra madre... aunque no lo sentía así, porque para mí todo me parecía normal... hasta que, de adulto, comprendí la diferencia, por el celo en el cuidado, los desvelos, los mimos, las caricias, el desprendimiento, la ternura, la dedicación que prodigaba mi esposa a mis hijos.

Debido a esta situación inmanejable -mi padre no podía con nosotros-decidió buscar "nueva compañera" lo que yo **no** llegué a aprobar. Era tal mi molestia... que un día, tras de la cortina de la casa, me parapeté con el revólver de mi padre, ex postulante a la guardia Republicana –él no lo había guardado adecuadamente-, y apunté al cuerpo de una de sus "pretendidas"... graves momentos en los cuáles no sé qué pasaba por mi mente mientras tensaba del gatillo, y si no culminó en tragedia, posiblemente fue porque el mecanismo era muy duro para mi edad o estaba trabado con el seguro... a estas alturas, no lo sé.

Quisiera cerrar este capítulo doloroso de mi vida, ¿Para qué recordar cosas que lastiman?... pero la mente no entiende razones y a partir de un punto en la memoria, empieza a desnudarse sola.

También en esos momentos hubiese querido esfumarme, desaparecer, pero la realidad no permite actos de magia, irreales... como decir: ¡sonríe!, sin una razón de fondo... ahora sé que da mejores resultados enfrentar la pena, escribirlo, leerlo, releerlo, hasta que el cansancio o la razón, la vuelva inocua.

Sería muy fácil cerrar los ojos y voltear la página... pero quedaría sin explicación la facilidad de tomar un arma y querer hacer uso de ella. El hecho concreto es que se estaba acumulando rabia, descontento, porque todo salía mal y encima, personas extrañas irrumpían en el círculo más íntimo de la familia.

Por esa época la TV en blanco y negro aparecía por toda la ciudad, pero como no estaba al alcance de todos los bolsillos, los que las tenían, hacían negocio montando salas de espectadores en su propia casa. Se pagaba una moneda por cada serie y los niños vivían el espectáculo en grupo, sufriendo con el sufrimiento de los personajes, alegrándose con sus alegrías y sobre todo vitoreando a viva voz cuando el malo era eliminado de un disparo... he allí la explicación a la hazaña que quería realizar dentro de casa.

La violencia de la calle se reforzaba con la influencia de los medios de comunicación, que solo publicaban desastres, por lo cual la opción natural resultaban los comics o revistas dibujadas en su totalidad... la pobreza extrema hacía que no se pudiese comprar una revista del Oeste, pero la solución se daba de inmediato, porque los dueños de los puestos de periódico los alquilaban y ponían al lado de sus negocios, una hilera de bancos que la convertían en bibliotecas públicas al aire libre, el interés por entender los comics de western y cowboys fue lo que me motivó a querer aprender a leer con mayor interés.

Una noche, sin explicación... mi padre me envió a la casa de una de sus pretendidas que era un taller de modas o sea su negocio, a dormir allí... mientras ellos podían disfrutar –digo, seguramente-, de algo de intimidad... y yo aproveché para resarcir mi rabia nuevamente, tomando lo que encontré dentro de su caja... pensando que era un acto de justicia.

A los días, cuando mi padre me vio con una cartuchera y pistola de juguete al cinto, al estilo de los cowboys... me preguntó si había tomado el dinero de la señorita tal... sin inmutarme le contesté que: NO... solo que no pude evitar sentir mi conciencia inerte, libre de sentimientos de culpa y sin ganas de algún modo de justificación... pero increíblemente, mi padre sabiendo que mentía, no me castigó y solo murmuró: debo que pagar esa cuenta.

A partir de allí cuando él sentía el fulminante del juguete estallar detrás de la cortina, solo hacía una llamada de atención para que no hiciera bulla.

Cuando no tenía dinero para la TV o las revistas, me refugiaba en el techo de la sastrería –de un solo piso-, a donde llevaba todo objeto que tuviese brillo, como un cuervo sin razón aparente. Pero no, con esos objetos de desecho, recogidos en los talleres de mecánica o en los botaderos detrás de las nuevas urbanizaciones, yo daba vida a personajes que se movían en castillos hexagonales, torres de puntas enroscadas o engranajes, etc. disparando a diestra y siniestra, aplacando algún sentimiento de venganza, de ira o tal vez, solo ganas de jugar.

En esa época, el distrito donde vivía, tenía zonas que no estaban pobladas, cerca al aeropuerto de CORPAC en lo que ahora es San Isidro, donde los caminos eran de tierra, con chacras de hortalizas o frutas al lado, y en la cual habían reservorios de agua a ras de suelo para los sembradíos, a donde nos escapábamos a nadar con mis amigos de barrio, y en el cual más de un niño se ahogó o fue succionado por el fango que lo circundaba.

También había una línea de tranvías que la separaba de otro distrito, de un barrio con casas muy lindas (chalets), donde la mayoría de los niños y las personas en general andaban muy bien trajeados y limpios... donde me miraban con cierta curiosidad, ¿recelo?, los niños se acercaban con una sonrisa burlona, me preguntaban mi edad, "X" años les decía... se miraban entre ellos, uno me señalaba a otro de sus compañeros y me decía: él es menor que tú (me superaba largamente en estatura), luego se marchaban cuchicheando, riéndose de mí... sin disimulo.

En mi calle, en mi cuadra, había luchado por disimular mi origen provinciano, pero esta forma de marcar las diferencias, me hicieron sentir mal, sin duda alguna los niños no eran tan inocentes... o ¿replicaban lo que sus padres hacían?

Mel...

Pasado los incidentes desagradables descritos antes, las cosas fueron diferentes, claro, la cabra siempre tira al monte y no perdía la ocasión de romper las reglas a propósito, tal como sucedió en una ocasión cuando con algunas compañeritas nos hicimos las dormidas para no ir a la capilla a rezar antes de clases... el resultado: nos enviaron al aula del colegio en pijama y con la almohada bajo el brazo.

La comida en el internado se conformaba de un menú con tendencia española, porque de allí provenían las religiosas que nos enseñaban y custodiaban... yo añoraba la comida de mi casa en la hacienda, especialmente la de los trabajadores, que incluía productos autóctonos: quinua, chuño, oca, olluco, mashua, atajo (hierba silvestre parecido a la espinaca), papa, trigo, etc., y las religiosas también cultivaban una de ellas para alimentar a los pollos: nuestro originario maíz... tan arraigado en el consumo andino, pero que nunca formaba parte de nuestra dieta en el colegio. Razón por la que junto a varias amigas franqueábamos las medidas de seguridad que nos separaban de este producto... saltando cercos y techos hasta llegar a los gallineros o a los sembradíos, para sustraer el maíz y poder prepararnos por nuestra cuenta y a escondidas, el grano hervido como merienda.

Hasta que alguien nos descubrió y avisó a la hermana promotora del colegio de origen español:

Vosotras paisanitas peruanas, coméis maíz... por eso tenéis la cabeza de pollo, estáis castigadas sin salida. Santo remedio... aunque dentro de nosotras queríamos responder: claro, tendríamos que tener la cabeza de pollo para permitir que, en la conquista y la colonia, nos roben nuestros bienes y tesoros, especialmente lingotes de oro y plata, para la corona española.

En ese momento yo no tenía las cosas claras, pues en realidad ¿qué podía objetar? Si tenía una multiplicidad en mi origen étnico. Tenía algo de locura y distinción Inglesa, mucho de la soberbia Española y otro poco del indomable pueblo Chanca ¿o Quechua?, ¿quién sabe?

Pero eso en realidad poco me importaba, de la misma forma que nunca me quitó el sueño las cuestiones filosóficas, conceptuales o existenciales. Lo mío siempre fue pisar tierra, optar por las cosas prácticas... y en ese sentido estaba más preocupada por las clases en el colegio sin dejar de pensar en lo que había dejado atrás, el problema de mi madre que asediada por uno de sus hermanos y la hermana mayor... uno por apropiarse de lo quedaba de los bienes del abuelo y la otra por querer saciar su sed de venganza, le hacían la vida imposible.

Aunque mi tío sacerdote y el personal del colegio trataban de aislarme del mundo exterior, siempre se filtraba las peripecias de mi madre para poder subsistir. Me enteraba que algunas veces por escapar de estos depredadores, conseguía plaza de docente en algún lugar inexpugnable de la puna, de enfermera en la jungla de alguna ciudad serrana y hasta de empleada del hogar en alguna casa escondida de los conocidos... pero siempre la alcanzaba los tentáculos del mal encarnados en los citados hermanos, que la desacreditaban para hacerla echar de esos trabajos.

Pero al verme imposibilitada de poder ayudar, resolver este problema y el de mi hermana mayor desterrada como una paria por su enfermedad, cerca de mi padre ahora en la ciudad capital... mi consigna fue resistir, resistir más... esforzarme, esforzarme más, hasta culminar mis estudios para poder romper esta cadena de adversidades que mi padre siempre eludió, conformándose con mantenerme en el colegio con la esperanza de que yo solucione sus problemas relacionados con este tema, al culminar mis estudios.

Ber...

De nuevo en la casa... pero era muy difícil dormir por las noches, a causa de las cantinas cercanas, con victrolas y/o rockolas a todo volumen, que irrumpían en mis sueños con boleros, rancheras o rock, melodías desconocidas para mí, que solo sabía de la música originaria de mi tierra natal (huaynos).

Con frecuencia, he tratado de vincular mis relatos con mis hermanos, pero me he dado cuenta de que eso es muy difícil... porque cada uno hacía cosas diferentes, como suceda hasta ahora.

El menor, por ser el más pequeño... se convirtió en la mascota del mercadillo, a quien los comerciantes y público en general, le hacían barra para que bailara al son de cualquier música que sonara por la radio, porque lo hacía muy bien y de manera graciosa.

Al mayor le hacían barra los niños –casi adolescentes-, para que retara a los más grandes de otros barrios, a pelear a puño limpio... donde a costa de algunas mañas ingeniosas para la lucha, lograba salir airoso, para luego ser cargado en hombros, y vitoreado en coro: ¡Capitán!, ¡Capitán!

Yo que no encajaba en ninguno de los dos círculos, andaba con otro grupo de niños, dentro de los cuales, uno me llevó a una iglesia algo extraña... donde una persona vestida de traje casual dio una charla extraordinaria sobre la sagrada familia que me emocionó mucho, tanto que al final de la ceremonia, cuando preguntaron a los niños ¿Qué quieren ser de grandes? y tocó mi turno, yo respondí: Cura (sacerdote católico). Todos me miraron con sorpresa, como a un bicho raro; pensé por estar mal trajeado, pero no era solo eso... el niño que estaba a mi lado me aclaró que allí solo estaba el pastor o predicador de esa iglesia por si quería emularle, y yo preguntaba dentro de mí, ¿cuál es la diferencia?, y preferí callar.

Al final, disimulamos todos y recibí regalos consistentes en juguetes de latón.

Después sentí algo de vergüenza y no volví al lugar... aunque la pregunta quedó en el aire y me obligó años más tarde a indagar. Ahondar en el tema me trajo más confusión: existían cientos de miles de Dioses en todo el mundo, de diferentes iglesias, confesiones, credos, creencias, interpretaciones, etc., desde tiempos inmemoriales, y a la disputa entre las iglesias cristianas y protestantes en esta ciudad, por ser la verdadera, se contraponía los que negaban la valides de las religiones, porque decían que Dios no creó al hombre... si no que el hombre frente a las interrogantes que no podía resolver, creó a Dios para dar respuesta a las mismas. O sea, Dios no existía... y que todas esas instituciones tenían intereses materiales que se traducían en bienes bien resguardados en "los Registros públicos" donde desfilaban solo los privilegiados representantes quienes a su vez, disfrutaban opíparamente de las mismas, mientras que las masas mayoritarias de creyentes pobres, era adoctrinadas, instruidas para cuidar y acrecentar esos bienes que les "pertenecía a todos", según la versión interesada de los dirigentes religiosos o pastores de las iglesias, sea cual fuera su credo.

Aquí en la capital todo se volvía complicado... yo que había vivido en lugares apacibles, empecé a cuestionarlo todo y luego de tomar posición sobre algún tema, me volvía intransigente.

Es así como un día, al sentir la ausencia de mi padre por cinco días... le pregunté ¿Por qué? Al principio no quiso dar explicaciones, pero a mi insistencia respondió que se había tomado ese tiempo para hacer gestiones en entidades del estado a favor de su "Comunidad Indígena de origen" y casarse... nada más... agregando que su esposa vendría a vivir con nosotros.

Yo había rechazado esa posibilidad antes, pero mi padre insistía que necesitaba de alguien que nos ayudara, que se hiciera cargo de nosotros porque él debía trabajar. Yo saqué mi cuenta, que, si ella también trabajaba, además de tener una limitación física... esa posibilidad no existía, que todo era inútil y con la persona que menos gozaba de mi simpatía desde mi prejuicioso e inmaduro punto de vista infantil.

No hubo más diálogos, ni cuestionamientos, a pesar de ser un niño de sólo 9 años, tomé la decisión firme de no esperar a que ella llegue a mi casa, por lo tanto, en ese momento abrí la puerta y con lo que tenía puesto me marché del hogar de mi padre para siempre. Primero deambulé por las calles... luego recordé vagamente el lugar donde mi hermana mayor "Ana" vivía y enrumbé en esa dirección.

Años más tarde saqué la conclusión de que fue la decisión más acertada de mi existencia, pues sin querer me salvé del círculo vicioso del mal concentrado en ese lugar, de ese infierno y cuna del delito, de ese entorno pernicioso, del que muchos no lograron salir.

Caminé más de medio día al centro de la ciudad, recorriendo la línea del tranvía porque no tenía dinero para el pasaje... no recuerdo el momento ni la circunstancia de llegada... solo recuerdo un pequeño cuarto dividido en dos por una hoja de triplay donde vivía mi hermana mayor con su esposo... tampoco comprendo porque no me devolvieron con mi padre, si las condiciones no eran las más propicias allí... probablemente una generosidad sin límites por parte de ella y de su esposo.

Mel...

Ahora adolescente, estudiando secundaria... con el ego en alto, segura de mí misma, me veo dispuesta a recobrar mis aureolas. Ya no era la dueña de la hacienda, pero el colegio debía ser mi nuevo dominio... desde los rincones, muros, aulas, talleres, espacios deportivos, etc., hasta mis compañeras de internado y salón de clases, pasando por el personal administrativo y docente.

Y me veo en mi salón de clases del colegio "El Carmelo", revoloteando como una mosquita de aquí para allá dentro del aula, detrás del profesor que dicta su clase, mientras mis compañeras le prestan atención... hasta que del mismo modo como agarramos un periódico y ¡zas! golpeamos a las moscas impertinentes, de la misma forma, escucho el vozarrón del profesor de historia diciéndome en voz alta: Señorita Mel ¿qué tiene en el trasero —en realidad fue otra palabra-, que no la puede tener posada, tranquila, en el asiento de su pupitre?!... risas por todas partes.

En el mismo salón a su turno, otro profesor de manera diligente me toma como ejemplo para todo, en matemática... por decir, el conjunto "A" conformado por la Srta. Mel y tales alumnas, el conjunto "B", etc.; el mismo profesor en algebra: la letra "X" que representa a la Srta. Mel... etc. Y todas las chicas ¡hooo! aunque en realidad él lo hacía para que preste atención y no le interrumpa como a otros profesores.

Yo me portaba indisciplinada porque sabía que cuando me enviaban a la Dirección del colegio como castigo, en realidad era amonestada de manera leve, y recibía como recompensa acompañar a la Promotora del colegio a realizar sus gestiones fuera del colegio o sea... ¡salir! Para mí que era interna, eso era ¡la gloria!, con ella en la calle, recuerdo bajar por la subida de "San Blas" en dirección a la "piedra de los 7 ángulos" y de allí perdernos en la ciudad en distintas direcciones, instituciones, de mi querido, de mi amado "Cuzco", con la hermana promotora.

Como interna del colegio, pocas veces me permitían salir sola y cuando eso sucedía, iba generalmente de frente a la casa de mi tío sacerdote y en las pocas ocasiones cuando no estaba en la casa de mi pariente, disfrutaba de los innumerables ambientes de la ciudad, tan llenos de construcciones "Incas", algunas muy modestas, otras colosales como el templo del "Koricancha" en honor del Dios Sol de los Incas, que en su tiempo de esplendor dicen que estaba cubierta de láminas de oro... además de estar construida de piedras finamente talladas y milimétricamente ensambladas. Pero sin comparación en dimensión, a las mega-estructuras de piedra de la fortaleza de Sacsayhuamán.

Hoy me imagino que ese ídolo pagano señor del imperio Inca debe echar lenguas de fuego, de rabia, al sentir que encima de su templo los invasores españoles construyeron una iglesia, el monasterio de "Santo Domingo", para alabar a un Dios más Universal. Algunas veces he sentido que esa construcción en su conjunto representa la imagen muda del dominio del "vencedor", sobre el "vencido", no solo allí sino en toda la ciudad. Pero como consuelo me he dicho: por lo menos no ha trascendido en figuras de odio... como en medio Oriente, razón por la que, en esos lugares lejanos, con violencia se desangran constantemente.

Pero volviendo a mi querido colegio, pasa por mi mente el Prof. de música, tan entusiasta con el coro; el Prof. de química, tan grandote de ojos verdes y sus fórmulas de elementos atómicos, etc.… tantos lindos profesores y hermanas amabilísimas, tan cariñosas y querendonas que por momentos suplían y me hacían olvidar a mis padres ausentes, por años. Claro que esas ausencias a veces daban pie a las malas lenguas que resbalaban el infundio de que yo era hija del cura (mi tío) y la madre… (directora del colegio).

Pero ¿quién dice que pasamos por "un valle de lágrimas"?... para mí ese era el paraíso lleno de inocencia, repleta de dicha, alegría y esplendor. Formándonos para enfrentar la vida de manera eficiente, con valores, llevando una vida ejemplar. Donde sentía que muchas personas pusieron sus esperanzas en mí… y no sé qué pasó, algunos sueños no se hicieron realidad.

Ber…

Las condiciones mejoraron en la casa de mi hermana Ana, terminé primaria estudiando en varios colegios nacionales, continué la secundaria… gocé de una convivencia feliz con el nacimiento de cada uno de mis sobrinos que traían luz, alegría, ternura y plenitud… que yo disfrutaba mientras les cuidaba en ausencia de sus padres, pues ambos trabajaban para poder subsistir.

Pero como siempre, la felicidad es fugaz y se daña con la menor causa posible… en algunas ocasiones por factores externos que no vienen al caso. Lo cierto es que, de adolescente, en algunos momentos me convertí en una persona insoportable, y yo mismo decidía ir a la casa de mi padre, donde no me sentía bien recibido por su esposa y volvía a la calle a deambular, a pasar hambre, sed y la falta de un techo por algunos días... luego volvía donde mi hermana.

En otras ocasiones buscaba trabajo en las vacaciones del colegio, en algún negocio, en un cine de barrio... en lugares donde conocí toda clase de gente, incluido el abominable submundo de la ciudad banal, tema espinoso para otro relato.

Estudiando secundaria en un "Colegio Benemérito de la República", me sentía sumido en la bruma, la oscuridad y el desconcierto de días, meses, años, de vértigo... y no sabía la causa. Solo sé que no aprovechaba y no tenía cualidades para el deporte, por ser pequeño y frágil, tanto que cuando intentaba romper el tope de mis limitaciones o quería destacar, lo que conseguía era un sabor salado en la boca y mareos que me desanimaban a continuar. En cierta ocasión escupí para ver qué era ese sabor salado y descubrí un color rosado que me asustó... y en vez de comentarlo con alguien, callé, seguramente por vergüenza, como un avestruz que esconde la cabeza, pensando que así estaría a salvo.

Mas, alguna cualidad debía tener... pues recuerdo haber ganado un concurso de literatura a nivel de todo el colegio en primaria y tal vez por esa razón en una de las celebraciones del día de la madre en secundaría me seleccionaron para dar un discurso en el auditorio del colegio... donde en resumen, causé una conmoción al argumentar a favor del prodigio de las mujeres de ser personas dadoras de vida y amor, a sus descendientes... aunque algunas veces su labor se veía interrumpida por razones ajenas a su voluntad, creando lienzos de inmensos mares de rosas rojas donde inevitablemente siempre destacaba alguna rosa blanca, tal cual era mi caso. Luego me dije fue un argumento efectistamente trillado, pero "cuánto poder tiene la palabra".

Yo terminé los estudios de secundaria con las justas e inmediatamente fui conminado a abandonar la casa de mi hermana, a seguir por mi cuenta, pues la ayuda resultaba insostenible debido a la precaria situación económica de la familia de mi hermana. Por lo que a partir de allí me vi en el aire, sin una plataforma que me sostenga para seguir estudiando, sin un valor agregado a mis fuerzas que me permitiesen trabajar dignamente y me asimilé al grupo de desocupados y asalariados de sueldo mínimo, que perdía la paciencia por las promesas incumplidas de banales gobiernos que solo se preocupaban de sus opíparas dietas, de sus desmesurados, corruptos y rapaces apetitos económicos, de sus sarcásticos jubileos privados por triunfales discursos de promesas incumplidas.

Mel...

De mi paso de la niñez a la adolescencia en el Cuzco, me resulta también inevitable, la imagen de una religiosa de dimensiones excepcionales.

Yo la recuerdo desde que me acogió en el internado de las Misioneras Carmelitas, mientras estudiaba en el colegio Santa Ana primero y luego en El Carmelo, cuando yo de niña desarraigada de mis padres y de mis costumbres en un lugar olvidado del departamento de Apurímac, ahora en el Cuzco, tenía que acompañarla a la iglesia en sus interminables oraciones y rezos del rosario que me dejaban agobiada de cansancio y me dormía... y fueron sus cálidos brazos maternales los que me llevaban cargada de vuelta al internado.

La hermana Catalina vivía aprisa, todo lo quería para ayer... y venía de la madre patria España, con el ideal de servir a la Virgen del Carmen a través de obras tangibles para sus semejantes.

Y se topó conmigo, una niña y luego joven rebelde, perseverante en su estatus de provinciana creída, que pensaba ser dueña del mundo por ser la hija de un hacendado y la nieta de otro hacendado, entre comillas "notables" de las serranías del sureste peruanos de ese tiempo... aunque de poco me servía tal referencia porque ellos me tenían olvidada y abandonada en el internado. Donde la madre Catalina Bolinaga no se dejaba eclipsar en su condición de autoridad, de persona instruida en casi todas las materias de la vida humana, pero con una sensibilidad que solo una madre religiosa podía tener.

Tanto así, que tan pronto veía por nuestro desempeño dentro del colegio, como nuestro desarrollo dentro de la comunidad... en los coros del barrio, en las misiones de caridad en los lugares pobres cercanos a la ciudad, en las competencias deportivas Inter escolares, en el teatro dentro del colegio, etc. No solo como actividades altruistas y de desarrollo humano simple... si no, como ejercicios para una vida de alta competencia, donde nosotras tendríamos que enfrentar dificultades y retos para los cuales nos preparaba, con mucho empeño y exigencia, que a veces nos costaba hasta lágrimas llegar a pasar la valla que nos ponía en ese entrenamiento para la vida, para competir "en igualdad de condiciones mentales" con "cualquier persona", sea cual fuese su género.

Ella es la referente de todo lo real que soy como persona y mujer, a través de su obra religiosa y como madre directora de las Misioneras

Carmelitas, dejando huella permanente en la historia de Perú como promotora del C.E.P. "El Carmelo – Cuzco".

Es cierto que este proyecto no pudo hacerlo sola, pero para mí, ella era la cabeza visible que hacía posible la construcción y puesta en marcha de la institución, a tal punto que, en muchas ocasiones, su impaciencia por hacerlo pronto, la llevaba a levantarse la falda de su hábito, para en medio de la construcción tomar las carretillas y apoyar en las acciones que los albañiles realizaban, pero con más ánimo y energía que todos ellos. Con su esbelta figura y de edad madura, blanca, alta, de fluido y acertado hablar, disciplinada, inteligente, de duro temple, firmeza, exigencia, tan pronto revisaba los planos del colegio en construcción con los ingenieros, como analizaba el plan de estudio escolar con las hermanas profesoras, dando las pautas para su mejor aplicación en las aulas, como realizaba todos los trámites burocráticos extenuantes en el ministerio de educación, etc.

Su visión del primer mundo en el viejo continente, su trayectoria, le daba una aureola de solvencia en la consecución de sus objetivos que estaban proyectadas hasta la construcción de la Universidad Carmelita que tenía como base unos terrenos colindantes con el aeropuerto del Cuzco... allá vas a estudiar "nena" me decía. Solo que el destino la llevó a España y de allí a la eternidad, a los brazos de Dios nuestro Señor a quien amaba sobre todas las cosas... antes de poder concluir sus sueños.

Mi eterno agradecimiento a la religiosa y mujer... que, con su ejemplo y enseñanza, hizo de una generación, solvente en su actuar y en su moral a toda prueba, en su visión de un mundo más allá de la aldea mojigata que era todo el Perú de ese entonces.

Ber...

Ahora recuerdo que después, solo, sentado al borde de un peñasco a la falda de un semiárido cerro, me cuestionaba:

¿Qué hago yo aquí?

Recordaba que 15 años atrás en este mismo lugar, de niño, pasteaba ovejas mientras que en la cima del cerro de Toraya, se celebraban las fiestas patronales, con la veneración de los santos, corrida de toros, abundante licor...y la historia de una joven de 16 años que fue abusada por un hacendado, gamonal, como prueba de su poder.

Desde entonces mucha agua había corrido de estos cerros hacia el mar, como la avalancha de migrantes que me arrastró hacia la capital, debido a una sequía en la zona. Este desplazamiento forzado, me incluyó en la precariedad, la pobreza extrema en todas sus dimensiones y consecuencias como lo relaté antes.

A pesar de todo como lo dije antes también, logré algún nivel de estudio, pero no lo suficiente como para sacudirme del fantasma del hambre, de la desocupación y los sueldos mínimos, del descontento de formar parte de una multitud de gente que no accedía a la redistribución de la riqueza que generaba el país y que se convertía en espectador de un sistema que hacía más ricos a los ricos y más pobres a los pobres.

Con el viento agreste en el rostro, recordaba que en el colegio me fascinaba la historia universal, la Revolución Francesa: "libertad, fraternidad e igualdad", frente a una monarquía insensible, fatua, injusta con sus vasallos, y que se creía con derecho a gobernar por mandato divino... pero que cayeron las coronas y rodaron las cabezas para que se afianzara el ímpetu del "pueblo llano" que hizo valer la fuerza de su razón para lograr esa conquista.

También analicé que estas acciones no fueron suficientes, para construir un mundo mejor, más equitativo con todos sus habitantes... y fui seducido por un movimiento revolucionario de nuevo cuño, que hablaba del bien común en una isla del Caribe. Como esta victoriosa acción fue lograda con las armas, decidí prepararme en el uso de las mismas, mientras hacía el SMO.

Pero poco antes, aquí mismo, se había producido un golpe de estado liderado por un general que proclamaba la justicia y la igualdad entre todos los ciudadanos y convencido de que su causa era justa... me atreví saliéndome del protocolo del discurso aprobado por mis superiores que di al final del SMO, a arengar a la tropa a favor de esta revolución que restauraba los derechos y aspiraciones de los oriundos de esta nación, arrebatados por los conquistadores españoles cerca de medio siglo atrás y negada con mezquindad por la burguesía que había heredado los beneficios de la colonia a pesar de la gesta libertaria de independencia de Perú.

Este discurso que fue ovacionado como nunca en un cuartel, por los conscriptos (todos de ese origen), me animó, me alentó, reafirmó a una lucha decidida por la causa de los pobres, de los proletarios. Pero como el sistema haría resistencia, me plantee realizar un alzamiento del campo a la ciudad.

Por eso estaba en este lugar paupérrimo del país, pero ahora me encontraba solo y pensativo ¿qué había pasado?

Pues resulta que los desposeídos de este lugar, no entendían mi mensaje, porque yo había olvidado el Quechua ancestral con el que ellos se comunicaban y acudí a la poca gente que era bilingüe y les expliqué mis ideas relacionadas a las desigualdades de la sociedad, diciéndoles que como punto de partida podríamos comenzar con la organización que les recordé que mi padre había gestionado y conseguido en la capital de la república, con el reconocimiento de la "Comunidad indígena" del lugar... nadie sabía del asunto hasta que un maestro de la escuela del pueblo me dijo que los beneficiarios jóvenes y adultos de tal comunidad, habían emigrado casi todos a las ciudades de la costa, dejando solo a los ancianos renuentes a cualquier tipo de cambio, y ni hablar de alguna injerencia en la posesión de sus tierras tal cual la usufructuaban, razón por la cual el asunto había quedado en papeles sin ninguna utilidad.

Mientras replanteaba mis pensamientos, esbozaba la posibilidad de retornar a la ciudad... sin saber que la ciudad me sería hostil y que un padecimiento desconocido daría el tiro de gracia a mis aspiraciones revolucionarias. Yo no sabía que las innumerables carencias, el hambre, la falta de recursos económicos me pasaría la factura con una enfermedad que un día explotaría sin anunciarse... y que, con unos torniquetes en las cuatro extremidades cercanas al tronco, con una fiebre intensa, expectorando sangre a raudales que llenarían un lavatorio de blanca porcelana, vería de cerca a la muerte.

Y que, en tal circunstancia, la oveja que llevaba dentro confrontaría al lobo que también habitaba en mí:

- Si le temes a la muerte, ¿Cómo crees que podrías enfrentarla ante tus semejantes? ¿crees que alguna idea o pensamiento, te da derecho a eliminar a otro ser de tu misma especie, que no piensa de la misma manera que tú?... las ideas se exponen, no se imponen, y menos a sangre y fuego.

Tampoco sabía que el cordero que existe en mi clamaría al Dios en el que no creía el lobo que también llevo dentro y que sería escuchado.

En esas circunstancias también juraría que en adelante no empuñaría ningún arma, pero que siempre estaría convencido de que fui víctima de un sistema injusto, que hasta hoy postra a la mayoría de la población del mundo en el sufrimiento, en el martirio de una pobreza inmerecida y que se puede revertir si todos ponen algo de su parte.

Más tarde el mismo sistema, me induciría a usar sus propias herramientas para trabajar y producir ganancias que me permitirían sostener una familia de manera decorosa, estable, para cuidar y educar a mis descendientes adecuadamente... esperando que alguien con mayor claridad replantee la realidad con una dialéctica que logre analizar el problema como una tesis, que la contraste con una antítesis teórica, para generar una síntesis que evite soluciones violentas, "para que la historia no se repita".

Mel...

A la inversa de mis intenciones... es el colegio el que se quedó impregnado en mi corazón con tantos lindos recuerdos que no puedo dejar de mencionar a mis compañeras de clases: Elva, Aidé, María Teresa, Gloria, Ana María, las dos Carmen, Dina, Margarita, Alejandrina y muchas más, quienes me hicieron sentir que el tiempo que pasamos juntas no fue en vano, por las ¡alegrías!, ¡las emociones!, ¡las risas!, ¡la felicidad! compartidas.

Aguacerito Cuzqueño no laves mis vivencias... quiero guardar en el cofre de mi corazón y mis recuerdos, las penitencias de las rigurosas clases, las disciplinadas rutinas, los horarios, el júbilo de las celebraciones religiosas, las actuaciones de teatro, el coro, las competencias deportivas, etc., con las hermanas y profesores del Colegio.

Los personajes ejemplares de la vida religiosa, querían padecer con Cristo nuestro señor enfermedades como expiación a los pecados... pero a nosotras ahora adolescentes, no nos causaba ninguna gracia tales ideales y nos sentíamos libre de culpas... de tal manera que nada de altruistas teníamos cuando con mi compañera "Gilda" salíamos a los carrizales a mojarnos bajo las heladas aguas de la lluvia del lugar, para enfermarnos y romper ese ciclo de adiestramientos y penitencias de estudios, sin lograr ese objetivo, por más que nos propusiésemos esa meta –la tutora ni idea tenían de que hacíamos eso a propósito-.

"Hasta mañana corazón"... es el estribillo de una canción del momento, que ahora se esclarece con la imagen del profesor de matemática: el joven apuesto, de tez blanca, de ojos claros, impecablemente vestido de terno, con libros bajo el brazo... que en vez de usar la puerta de salida del frente del colegio, utilizaba la puerta trasera, el del internado, donde yo estaba... tarareando él, la canción que le recordaba a mi profesora de primaria a quien mi profesor cortejaba... que terminaba ¿o comenzaba? con el susodicho: ..."hasta mañana corazón"... que yo la atribuía secretamente para mí.

Es que en mi corazón al final de la secundaria, empezaba a florecer la ilusión del amor por el amor... de la misma forma como todas mis demás compañeras eran atrapadas por esas mismas emociones de la primavera de nuestras vidas.

Nuestras inquietudes, nuestras ganas de vivir también nos inducían a romper las reglas del internado. De tal forma que confabulábamos para crearnos un ambiente de fantasía, cuando participando de las actividades escolares de actuación, de los boys scout, o el coro parroquiales... conseguíamos conocer amigos de nuestra edad... a quienes engatusamos... haciéndoles creer que le interesaban a alguna de nuestras compañeras... con el único objetivo de lograr que nos dieran serenatas, alborotando a todo el barrio alrededor del internado (ese era el estilo de enamorar aquí en ese tiempo)... pero no siempre nos salía bien las cosas... porque nos ganábamos tremendas reprimendas de parte de nuestras cuidadoras, o enterado uno de los hermanos de nuestras compañeras del engaño, se lo decía a ellos... de tal forma que en adelante, venían a cantar debajo de nuestras ventanas "arroz con leche", "lobo donde estás"... ¡rondas infantiles!, en son de burla.

Claro, la vanidad también me hace recordar que alguna vez recibí de manera personal alguna serenata de algún desesperado admirador despistado o alguna nota entre los libros de otro indeseado galán... que se quedaron con los crespos hechos, porque a esa edad el amor, también es una experiencia que se desea y se teme a la vez.

Pero nada es para siempre y el esplendor de esta etapa de mi existencia, las pensiones que facilitaban mi vida en el colegio, cubriendo todas mis necesidades, amenazaban llegar a su término al concluir la secundaria, tambores de guerra se sentían a kilómetros de distancia en la casa de mi padre en Lima, que presionado por mi madrastra por la ayuda que yo recibía, estaba también sufriendo los estragos de la "Reforma agraria" del "General rebelde" en el poder, que le había confiscado su hacienda... a partir de allí las cosas se ponían color de hormiga.

Ber...

Con la delicadeza, con la sutileza, que me caracteriza... prácticamente ya les canté el desenlace –no sé para qué continúo con el relato-. Pero demos un paso atrás... resulta que al concluir mis estudios de secundaria, mi hermana "Ana" me dijo que tenía que valerme por mí mismo, que no podía seguir ayudándome, por lo tanto... tuve que marcharme de su casa intentando hacer mil cosas a la vez, pero como las cosas iban mal para mí, con el fin de que tenga la oportunidad de estudiar algo técnico, me volvió a recibir en su casa algún tiempo después...mientras tanto, he omitido algunos aspectos de mi vida privada en este relato.

Y a pesar de ser tan naturales como respirar y alimentarse... mis vivencias sentimentales, hasta ahora han sido contenidos por mi autocensura, por la incapacidad de aceptación de mi propia realidad.

Y en ese sentido, sin querer he construido mi personaje, con características de insensibilidad y hermetismo para el romance. Pero lo cierto es que por dentro convulsionaba como un volcán en permanente actividad, pero que no llegaba a erupcionar.

Desde que tengo memoria me han gustado las chicas, pero hasta los 25 años no había logrado conectarme con ellas... por algo de timidez en ese aspecto, pero especialmente por no haber conciliado conmigo mismo, en la aceptación de mi identidad racial, ni mi realidad económica y social.

Por lo relatado anteriormente, mi condición económica era precaria... si pues: "billetera mata galán". Y socialmente mi condición de mestizo, que había heredado preponderantemente los "genes quechuas" ancestrales, era un prejuicio personal que no me permitía interrelacionarme con las damas... a tal punto que hasta ese momento (con un cuarto de siglo de vida), no conocía los placeres de una alcoba de sentimientos consensuados.

En realidad, estaba alienado por la televisión, cine y medios de comunicación impresos, que sólo ensalzaban las imágenes occidentales de personas de tez clara... todos los demás éramos invisibles, de tal manera que yo esperaba una metamorfosis imposible: el de transformarme en alguno de ellos, y lograr un vínculo afectivo con alguna dama tan ideal como el de las estrellas de las pantallas de cine, televisión o impresos del momento.

No es de caballeros contar y menos mencionar a las chicas que formaron parte de esa búsqueda de la "Dulcinea" ideal, pero, aunque lo hiciese, sería ¡tan aburrido!, porque muchas de ellas solo fueron especulaciones de mi mente o intentos fallidos... como el de mi idealismo político.

Sin presagiar que tan inevitable como que la Vía Láctea va camino a colisión con el de Andrómeda, iba, me acercaba, a la colisión de dos mundos personales tan distintos e improbables en otras circunstancias, que luego de muchos años me resulta "increíble que pudiera suceder".

Mel...

La vida no da tregua y al terminar la secundaria... nuevamente la realidad arrecia con crudeza, pues debía afrontar un nuevo cambio a mis aspiraciones de superación y de continuidad en los estudios, pues sin anestesia me comunicaron que mi padre enfermo... ya no estaba en condiciones de seguir sosteniendo mis expectativas de progreso. Es más, se me comunicó que, si deseaba obtener incluso el sustento vital, debía desplazarme a la ciudad de Lima donde él se encontraba con su familia. Pensé, tal vez allí podré convencerle para obtener alguna forma de ayuda para lograr estudios superiores que aseguren mi bienestar en adelante.

Luego me daría cuenta de que el argumento de cortarme la ayuda fue una celada de su esposa, que transfería su venganza contra mi madre hacia mí, quien, enterada de mis altas capacidades, no permitiría que yo supere a sus hijos, que no habían logrado nada decente a nivel académico. ¡En fin!, caí, rodé, irremediablemente.

Me desplacé hasta la capital y me di con la sorpresa de que en adelante no tendría más oportunidades, pues debía retribuir todo lo invertido en mí... haciendo de enfermera de mi padre. Lo cual hubiese hecho con el mayor de los gustos, si no fuera porque ellos tenían la capacidad de asistirle sin mi concurso.

Pero, además, en este nuevo escenario... yo tenía el apremio de superarme con urgencia, porque había tomado conciencia de que, siendo la única persona con posibilidades de redimir a mi entorno más cercano: una madre perseguida por las desgracias sin compasión, un hermano menor aún niño y desprotegido... pero especialmente por mi hermana mayor con desordenes de conducta que había sido internada en un sanatorio de enfermedades mentales... me era impostergable hacer algo al respecto.

En la casa de mi padre se creó un cerco en torno a mí... quise marcharme de ese lugar y como en ese tiempo la mayoría de edad y la independencia se lograba a la avanzada edad de 21 años... me amenazaban con denunciar mi conducta indisciplinada a la policía ¡qué miedo!, ¿no? Más yo nunca me di por vencida y logré la aprobación de mi padre para recibir un curso de laboratorio en un instituto tecnológico.

Pero la esposa de mi padre me marcaba el horario, me obstaculizaba la provisión de alimentos, me saturaba de obligaciones dentro del hogar, no me permitía el estudio y menos el esparcimiento... una hostilidad pura y dura, que me obligó a buscar salidas.

Pensaba en mis familiares, pero sabía que estaban influenciadas por mi madrastra... pero recordé que mi padre se hizo de otros hijos en sus tiempos de juventud... y barajé las posibilidades de ayuda dentro de su descendencia no reconocida, víctimas de cierto modo, como yo. Tal vez de ellos conseguiría algo de solidaridad, comprensión y apoyo. Pero ninguno de ellos gozaba de buenas condiciones económicas y a lo mucho sólo podrían darme posada hasta que yo encontrase la manera de sostenerme por mis propios medios.

Y, en efecto, me informé que tenía una hermana que vivía cerca al hospital donde yo hacía mis prácticas de laboratorio, a quien ubiqué y le conté mis problemas... logrando su comprensión y promesa de ayuda momentánea, y así un día sin decirle nada a nadie, sin que se dieran cuenta en la casa de mi padre, empaqué las pocas cosas que poseía y le di la espalda a ese lugar donde vivía con mi madrastra y mis hermanos por parte de padre, hostiles también, para siempre...

marchándome donde la hermana "Ana" que había encontrado como alternativa, en busca de la "tierra prometida".

Yo... aún debo referirme a estas dos personas, en tercera persona plural.

A estas alturas, como "narrador principal de este relato", debo retomar la historia para poder dar forma al rompecabezas y usted amable lector no se frustre a falta de una explicación razonable a estos hechos.

Todos sabemos que no hay nada nuevo bajo el sol y que muchas historias se repiten... sin pretender ser original, debo contarles que Mel y Ber que coincidieron en vivir en la casa común de la hermana "Ana", tienen algo más que los vincula: ambos son dos mundos de constelaciones en colisión, que a pesar de estar en esta condición, necesitan de un acelerador de partículas para que se haga la Luz entre ellos... y por mandato divino u obra del azar... tal cual la creación, este hecho se materializó.

Pasó algún tiempo y los dos apenas se veían en la casa habitual de la hermana Ana, pues ambos tenían afanes, obligaciones, objetivos, posibilidades, intereses y actividades diferentes, acordes a los antecedentes de cada uno, lo cual representaba una fuerza centrífuga que los apartaba, y en contraposición, la fuerza centrípeta en la curiosidad y la advertencia de la hermana de ambos de que se respetase la casa, en razón del "qué dirá de la gente" (casi siempre, lo prohibido es un estímulo de atracción, una tentación).

Todo marchaba bien, hasta que a iniciativa de alguien que no recordamos, se involucró a toda la familia en la aventura de un viaje a la ciudad norteña de Trujillo...un terremoto a mitad del camino (año 1974) trató de frustrar lo inevitable.

Pero de igual modo como que se necesita de algún elemento químico o mecánico para la fusión y/o aleación de dos elementos distintos... de igual modo, toda la familia viajaba junta, en un solo vehículo: padre, madre, hijos, hermanos de la hermana en común... tal cual récord de Guinness de la mayor cantidad de pasajeros en un solo auto.

El proyecto de pareja tenía de celestina a una de las niñas... una traviesa y pegajosa sobrina, pero nada parecía dar resultado. Hasta que, en el viaje de regreso, sucedió lo inevitable:

En horas de la noche, divirtiéndose en una plaza pública donde se hacía escala, alguien lanzó el juego de los retos... se hizo varios inocentes, intrascendentes y se peleaban por ser el mejor, hasta que al final... se fueron todos, quedando Mel y Ber solos... ella le dijo a él que el juego no había terminado, que hacía trampa y que no sabía nada, que le creía tan tonto que seguramente nunca había besado a alguna chica... se equivocó, la caperucita cayó redondita en las fauces del lobo, como pensaría cualquier persona común. Pero lo cierto es que, como en cualquier relación de pareja, si ellas no son violentadas de alguna forma... son ellas las que en realidad inician y determinan el futuro de la relación y, en este caso, a partir de la iniciativa de ella, nada pudo detener que se haga la Luz, en sus vidas. Los dos eran jóvenes, libres, y era apenas un juego de retos inocente...ella le arrojó la flor de sus labios y él la tomó como un caballero... nada trascendente pensó él... pero de mil maneras se llega al corazón, lo pensó ella.

Estaban en la década de los setenta, ella con 20 años y él con 25, y los mayores se escandalizaban de las libertades de los jóvenes, con hipocresía... cuando en realidad -como pasa siempre de generación en generación-, la generación precedente, sentía envidia de algo que ya no les correspondía, algo así como impropio, ajeno a su espacio-tiempo de desarrollo.

Tal vez no fue el beso, es cierto, pero de alguna manera ella se deslizó a su corazón... ¿pudo ser por la pupila de sus ojos?, ¿por alguna célula del olfato?, ¿por alguna palabra o frase?, ¿por alguna parte del gusto o del tacto?, o tal vez, ¿por alguna fibra desconocida del universo de su cuerpo?... nadie lo sabe en realidad.

Lo que se sabe es que se activó algún mecanismo con efecto retardado, ya que al poco tiempo, con toda seguridad solo él –aunque valgan verdades ella era muy bella-,... la veía con un rostro angelical, con una tiara mágica sobre su frente, con los brazos extendidos y dos alas de mariposa sobre su espalda, con mantos multicolores de seda como estelas tras de sí... otras veces acompañada de música celestial y mil aromas seductores de oriente, cuando no matizada de chispitas de colores a ratos, alrededor.

Ella descendía de una familia con apellidos de alcurnia, pero desheredada... él humilde plebeyo con apenas ingresos de jornal... dos mundos presionados tal cual colisionador de hadrones y/o acelerador nuclear, que generó la "partícula de Dios" en forma de dos corazones enlazados en un "Sí" permanente... tal cual se inicia el universo, y la Luz de sus vidas tras de sí".

Ella tuvo que renunciar a la tierra prometida y él a desistir de la búsqueda de una Dulcinea inexistente.

También tenían que explicar en adelante, que eran hermanos (medios hermanos) de la hermana en común, pero que entre ellos no existía ningún vínculo de parentesco, etc.

A partir de allí siempre se les veía juntos, decididos a tomar el destino en sus manos, resueltos a enfrentar las dificultades del pasado, los retos del presente y las decisiones del futuro.

Luego, aparentemente, todo se desarrolló de manera previsible, como la historia de la mayoría de la gente... y el relato se pierde en la autocensura inexpugnable de los personajes... aunque contarlo resultaría tentador, irresistible, seductor, por la particularidad de sus orígenes y por las consecuencias que acarrea juntar dos realidades de vidas antagónicas que, luego de la magia del amor y del ensueño del cortejo, sin duda haría explosión.

Ahora, retomando a la escena bochornosa que ilustraba al principio de este relato, debo decirles que la persona altisonante que me reclamaba airadamente explicaciones a la relación que sostenía con su hermana, es el hermano menor de la que ahora es mi esposa... y que ella es Mel y yo Ber.

También es necesario aclarar que en esa discusión era imposible que se tomara en cuenta los bellos relatos precedentes, porque en ese momento, solo se daba rienda suelta a pasiones que reafirmaban posturas intransigentes, inútiles, tal cual lo realizaban nuestros antepasados comunes, como por ejemplo, por cada uno de nuestros dos abuelos, esos viejos locos en las alturas de Toraya, y que terminaría también en esta oportunidad de manera previsible o sea irreconciliable y sostenida soterradamente por uno de ellos, que por supuesto, no soy yo.

Para finalizar, cabe establecer que este relato aborda hechos que culminaron hace como medio siglo atrás y como es de suponer no finaliza allí... solo que esa es otra historia, de la que podría tomar un pasaje algo interesante y actual, para concluir.

Ahora en el año 2021 de nuestro Señor, en otro lugar de la misma ciudad de Lima, los ahora ancianos, Mel y Ber (mi esposa y yo), abrigados más de la cuenta para la estación de otoño, caminamos en un parque austero, sin bustos ni pedestales, con árboles frondosos y veredas de piedras minúsculas... cercos de plantas con bellas flores, pastos aceptablemente cuidados. Ambos separados hasta llegar a uno de los bancos de madera del parque donde nos sentamos en cámara lenta.

No es un cuadro idílico, tampoco es preciso describirlo de manera más detallada... lo cierto es que a simple vista el escenario a ella le es indiferente, porque da la impresión de que en sus seniles pensamientos algo le incomoda... a ella unas lágrimas perladas de sus cansados ojos parece que va a desbordar. Yo trato de tomarle de la mano y ella lo retira... por momentos parecemos dos adolescentes enamorados, limando asperezas.

Hemos pasado toda una vida juntos y aún las escaramuzas desde la época del cortejo parece que no cesan... ella me reprocha de los actos de mis primeras conquistas, que yo en algún momento de desacertada sinceridad le rebelé. Cosas que yo después de tantos años ya ni recuerdo con exactitud, pero que ella lo ha memorizado al detalle y que íntimamente se reprocha de no haber sido la protagonista... tal vez el tiempo le quitó algo de fidelidad, pero está segura de que una de ellas lo escuchó así:

"Yo aún no te conocía, y sucedió que ella era hermosa como una flor de primavera, yo apenas mozo tierno cual carrizo sin adornos ni flor.

Yo iba a su casa cada vez que podía... como éramos vecinos, nada me lo impedía. Pasábamos los días muy unidos, con las cosas propias de la edad, sin embargo, yo la llevaba escondida en mi pecho con un sentimiento muy especial, cual dije que no se quiere exhibir.

Las visitas frecuentes eran casi siempre a pleno día, con la excepción de aquella tarde en la que el sol se escondía y los faroles de la ciudad empezaban a encender. Yo la encontré en la puerta del patio de su casa emocionado... ella me recibió con alegría, y sucedió que dentro de la casa había gente con sus afanes en silencio... yo me acerqué a saludarla con un beso en la mejilla y como ella se quedó quieta al recibirlo... en segundos que se hicieron una eternidad... mis labios posados en su mejilla, recorrieron el terciopelo de su rostro en dirección a sus labios en flor, en busca del néctar anhelado y a pesar de que ella no hizo nada por evitarlo, en esas interminables fracciones de segundo por llegar a mi destino... como un clarín que surca el espacio infinito, el apenas leve rechinar de alguna bisagra, de alguna puerta o ventana, interrumpió ese sublime acto... separando mi rostro, arrojándolo al otro lado de un cañón inmenso, donde hasta ahora yace al fondo, el cauce de un rio seco de llanto.

Nunca más nuestras almas llegaron a acercarse, a juntarse... y aquella puerta o ventana que no llegó a abrir o cerrarse, fue el mudo testigo de un sentimiento que no llegó a concretarse, dejando en la incógnita, si develaba o cancelaba, un futuro de ilusiones o realidades, que quedaron al margen para siempre.

Luego llegaste tú y sin darme tiempo, con tu cegadora luz incendiaste mi pradera, con tu imagen de otro mundo me dejaste hipnotizado... como un vendaval arrasaste con todo mi pasado, sacándome de perdedor, tomándome para siempre, con la seguridad de una persona que sabe lo que quiere, sin titubeos porque siente que tiene ese derecho... nunca supe si tuve alguna oportunidad, pero eso debe tener mucho de bueno, porque nunca antes me había sentido más amado, ni más apreciado y lo mejor de todo es que sentía que era reciproco, y a partir de allí todo se desarrolló como siempre lo había anhelado".

En su momento, ella aceptó esta extraña explicación, pero de tanto en tanto me lo ha recordado con sus reproches.

Yo tengo miles de argumentos para aclarar esa y otras cosas más, hechos que suceden en la juventud, que yo la acepté a ella por encima de todo, que luego fuimos bendecidos con nuestros hijos, que luchamos a brazo partido para hacerles personas de provecho y felices, que tuvimos la dicha de acunar a nuestros nietos... aunque todos ellos se hayan marchado ya.

Yo agrego a mis argumentos: si tú fueras la protagonista de ese pasaje que te molesta tanto, no estaríamos juntos ahora ni nunca, porque concluye en una separación definitiva... ya te he dicho que lo nuestro tiene algo único, espectacular y fascinante, tanto que no lo hemos mencionado, porque si lo hiciésemos... sonrojaríamos hasta a los tomates, por su intensidad... además, tendríamos que recordar que cuando comenzamos, muchas de las personas de nuestra edad, corrieron por el mundo para conquistarlo... mientras que tú, decidiste quedarte a mi lado y con tenacidad, empeño... molécula a molécula, construiste, conservaste y enriqueciste esta gota de rocío en la que se ha convertido nuestro hogar, y ahora, ¿vas a dejarte vencer por la nostalgia?, tú no eres así...

Hasta que ella interrumpe:

- ¡Está bien! Ya entendí... ya me enteré de que sabes besar, y también sé que en la realidad hablas poco y escribes demás... pero ahora dime: ¿sabrás disculparte de rodillas?

Claro que eso no va a suceder y ¿de qué? pensaba para mí... y argumenté: no resistirán mis rodillas, y solo reímos de buena gana.

Al rato, nuestros rostros se pusieron serenos... y al tomarnos de las manos... no nos dimos cuenta que las sombras, la penumbra de la noche, que se acercaban incontenibles, empezaban a cubrir a toda la ciudad... y en el horizonte la luz del sol se diluía en matices multicolores entre los cerros y el mar... induciendo en nuestros rostros una expresión callada y dulce, propias de esta edad... o tal vez estoy exagerando, y sólo nos vemos cual dos granos de arena inertes, en alguna precaria duna de la humanidad.

FIN

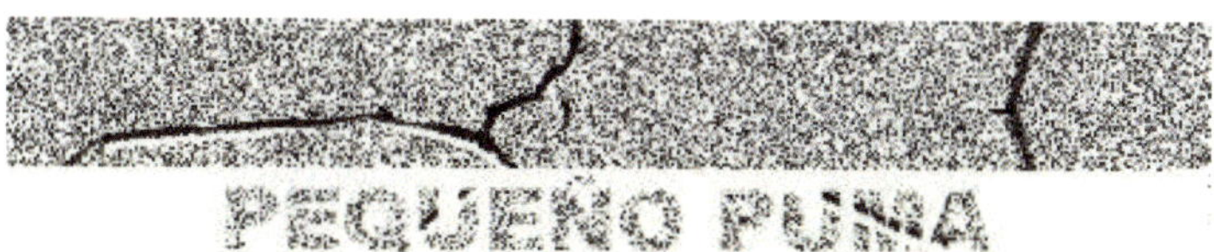

Cerca de cumbres nevadas, al pie de empinados cerros, rodeado de rocas tan altas y graves, que hacen sentir vértigo por sus colosales dimensiones, hay un recodo de arroyo que se abre paso a duras penas entre las piedras.

El aire deliciosamente frio del lugar, pasea de un lugar a otro olor a tierra, hierba fresca y melodías del piar de pajaritos, en un raro y afinado concierto con el murmullo del agua, que ensaya algunas notas al golpear efervescente contra las rocas, en el rápido recorrido que hace por este lugar.

Entre estos áridos cerros, bajo un cielo intensamente azul, salpicado de vellones de nubes en movimiento, vive un pequeño puma, que alegre observa alrededor, tratando de aprender, captar, las características del ambiente que le rodea y que le sirve de hábitat y refugio. Lo mismo que a sus antepasados desde tiempos que se pierden en la memoria.

A pesar de que los pumas no se dejan ver fácilmente y que actúan mimetizados, como fantasmas en los Andes, en las etapas de cortejo se reúnen en pequeños clanes, con vivencias tan intensas, como es el caso de un pequeño puma que ya dejó de depender de sus mayores y sin darse cuenta, ha empezado a sentir admiración, atracción, por las hembras de su especie. Por lo que los juegos ya no se centran en la simple diversión o en entrenamiento para la caza o la competencia.

Presionado por sus emociones corteja a una y otra hembra, pero esquivas todas, no le dan importancia al apreciarlo muy joven para ellas.

Por eso, resignado a ser ignorado y pasar inadvertido por ellas... decide marcharse e incursionar en otros lugares desconocidos, haciendo un inventario de los recursos de subsistencia y ampliando el área de su probable dominio, cuando le toque ejercer.

Su juventud, entusiasmo y saludable fortaleza, alimentan su ego y por doquiera que va, impone una imagen de vigor que le hace creerse dueño del mundo.

Pero, por más autosuficiente que se sienta, hay un sentimiento de identidad y dependencia del lugar de su nacimiento que le obliga a volver.

A estas alturas el mundo no le parece tan grande como creía y la rutina se hace inevitable, la vida aburrida… estar solo no le agrada y ve con envidia como los compañeros de su edad se emparejan y son felices así… ¿por qué la felicidad será tan esquiva con él?

Un día, en uno de esos solitarios paseos, en un lugar que se ha hecho habitual para él, se inquieta por la sospecha de sentirse acosado por alguien que no se deja ver directamente.

Una y otra vez se repite esa sensación en los últimos días, cada vez que llega a ese lugar, hasta que distingue claramente en un grupo de pumas, un par de bellos ojos de hembra, que lo miran fijamente.

En el supuesto de que eran los que le observaban desde hace días, se une al grupo y participa de sus juegos, hasta quedar en algunos casos solo en la compañía de ese par de ojos que le cubren con candor y un extraño encanto, que a él le hace sentir de maravillas, ya que incipiente pero emotiva, parece una relación correspondida.

La hembra de puma, en plena juventud, encuentra en el pequeño puma la compañía que le inspira confianza y seguridad, sin tener que soportar el acoso de los adultos. Pero por momentos parece ausente y mantiene una actitud enigmática, reservada con él… por lo tanto, en la mayoría de los casos, aparte de los juegos inocentes, no le permite otra cosa y menos que sea audaz con ella… y él a pesar de todo, algo tímido, la corteja con caballerosidad, delicadeza e idealismo.

El puma se siente encantado en compañía de la espléndida fémina, pero el hecho de que lo mantenga a raya en forma prolongada hace que el pequeño puma pierda algo de interés y vuelva a la rutina de explorar otros lugares. Hasta que un día, al volver de sus correrías, ya no la encuentra más.

Al principio no le da importancia, pero poco a poco empieza a extrañar de ella: la dureza de sus garras, el peso de su cuerpo, ya que hasta que la conoció, él pensaba que las hembras eran todas de peluche, o de pompas de jabón flotando en el aire, y no de carne y hueso, de sentimientos y de voluntad propia.

Pasa el tiempo y él vuelve sólo para recordarla con su hermoso pelaje, su risueña y sutil mirada, su embriagante perfume, el grácil movimiento de su cuerpo, sus mejillas encendidas y su voz entonada y melodiosa para él.

El pumita, a pesar de todo, no era un animal destacado, y nadie le da importancia, y menos a la intensidad de sus sentimientos, por eso dondequiera que va, cuando pregunta por ella, nadie le hace caso. Todos le ignoran por estar inmersos en sus propios cuentos, y en ciertos casos, encuentra como respuesta: la burla, la mordaz ironía y la chacota del grupo, la mancha o la patota.

A pesar de todo, él la busca en todo paraje conocido y nada.

Hasta que cierto viejo bufón y despistado, por deshacerse de él, le dice que su amada probablemente se marchó a un lugar muy lejano para ellos: allá abajo en los valles, donde terminan los cerros cubiertos por la niebla.

El puma impulsado por la esperanza de volver a ver a la dueña de su corazón va a ese lugar y descubre que está habitado por hombres... extraños seres para él. Y no puede vencer el temor que le causa el pueblo, por eso reiteradamente va y viene, indeciso de pasar por medio del pueblo lleno de casas, sembríos, cercas y tapias altas.

Y le causan temor no sólo los hombres, sino, ignorar qué hay tras de todas esas cosas nuevas que observa allí.

Pero por la fuerza de sus sentimientos y por la constancia de sus intentos, un día sin darse cuenta, logra cruzar el pueblo y llega a lo que parece el ultimo muro, duda un momento, pero al fin, decide despejar todas las incógnitas y salta... en la cima, con cuidado observa alrededor y es grande su sorpresa, cuando ve que tras del muro nada hay que temer... por el contrario es un paisaje encantador.

Parece tarde, pero encuentra en el panorama tal alegría que su satisfacción es grande, tal esplendor que su entusiasmo no tiene límites, porque todo allí es llamativo y de perfiles definidos: es atrayente el verde de diversos matices en árboles, pastos y pequeñas plantas... el rojo intenso, el amarillo refulgente, el celeste sorprendente en flores y mariposas ¿Cuántos colores, tonos y contrastes más?, es infinito.

Pronto decide seguir adelante y las cosas no pierden encanto, las piedras son claras y el suelo pardo... baja a una hondonada y sus pasos se hacen lentos, mas, el trinar de pajaritos y aves le reaniman, no tiene sentido del tiempo y no lo comprende, pues nada cambia... ¡todo es vida!

El puma sin convencerse aún, olvidando sus penas, maravillado observa el paisaje y sigue hasta encontrar un arroyo de aguas limpias, tan claras como el deseo de ver sus pensamientos con la transparencia y la ondulante tranquilidad con que se mece el líquido... ¿cuánto tiempo pasa observando a través del agua las lizas piedrecillas de colores?, ¿las arenas brillantes?... ¿cuánto tiempo hacía que escuchaba una música aguda, melancólica?, no lo sabe, pero sigue observando aquella serenidad sin pausa... ¡de pronto!, siente a los cerros lejanos seguir el melancólico ritmo de quenas, tinyas y antaras?... ¡instrumentos misteriosos!, el tono es suave, pero su eco en las montañas se hace enorme... cierta tristeza lo invade y no lo comprende.

Queriendo huir de aquellas notas, busca refugio en el dúctil cristal que corre a su lado, aferrándose al ensueño que representa los momentos pasados en el acogedor lugar. Pero ahora, ni las aguas quiere observar, porque reflejan al cielo que se torna turbulento... ¡es tarde!, piensa y alza la vista para ver el Sol inerte sobre lejanas montañas.

Aterrado, en un medio que le es desconocido, se da cuenta que la noche le va a cubrir... por lo que rápidamente se acomoda en la rama de un árbol al que se ha subido y allí espera un nuevo día.

Al amanecer, con mayor tranquilidad puede ver alrededor que, con excepción de incipientes desniveles de suelo, todo era llano y cubierto de tupida y diversa vegetación en el horizonte.

De esta manera, sin proponerse, se da cuenta que ha llegado a la inmensa selva, enigmática y admirable con justa razón.

Pero no hay necesidad de mucho tiempo para darse cuenta de que está poblado de animales y que tiene un monarca que se proclama amo y señor de todo cuanto hay, que es temido por aves, mamíferos y reptiles. Obviamente el puma se ve en la necesidad de ir donde el Otorongo –tal es el nombre del felino emperador-, para pedir consentimiento y buscar a su amada en el lugar.

El encuentro coincide con el buen ánimo del monarca, quien lo recibe con simpatía declarándole ilustre representante de los Andes. Y ordena que se le colme de atenciones durante su estadía.

El puma goza de libertad y facilidades en su objetivo de búsqueda, hasta que, andando en los dominios del Otorongo, llega a un claro de la selva, donde encuentra a un grupo de animales, quienes hablan en voz baja, casi a murmullos, se notan entre asustados, disgustados y desconfiados. Quienes al verlo se asustan mucho y están dispuestos a correr al grito de ¡sálvese el que pueda! Mas un potente rugido de ¡alto!, del puma los paralizó e inmediatamente escucharon al felino decir: tranquilos, ¡no muerdo!, no me interesan ustedes como alimento, pues ando en busca de una hembra de mi especie que me han referido que vino en esta dirección.

No hemos visto a nadie con esas características…

¡Está bien!, y ¿qué hay de ustedes?, ¿qué hacen?

Después de unos momentos de vacilación, un famélico armadillo toma la iniciativa para decir:

- Tenemos problemas más urgentes por resolver, cuestiones graves de vida o muerte.

Luego, todos los animales tratan de hablar a la vez, creándose una confusión, hasta que un loro les hace callar y continúa:

- La selva es de todos, sin embargo, el Otorongo se adueña de lo mejor y nos deja solo mendrugos.
- ¡Lo que ha dicho es cierto!… se escucha de un mono viejo que imita la postura del loro.

Como este detalle hace sonreír al puma, tomando cierta confianza, una tortuga agrega:

- Incluso las hojas, raíces y frutos que no le son útiles para alimentarse, se nos prohíbe tomar con libertad.

Inmediatamente todos los presentes reprochan:

- ¡Tú que te codeas y cenas con él no sabes de nuestras angustias!

- ¡Es cierto!... afirma el mono tomando la postura desafiante de sus compañeros.

- Están en un error, yo les entiendo... responde el puma.

Sin darle oportunidad para pensar, ni retractarse, todos replican:

- Entonces, tú que eres audaz y fuerte, hazle conocer nuestras quejas y logra que nos conceda los reclamos que planteamos.

- ¡Nosotros te apoyaremos y lucharemos juntos!, ¡Hasta la victoria final!... concluyen todos a una voz.

Algo mortificado, pero pensando que no sería difícil la tarea, por la forma generosa como el monarca se porta con él, va en su busca.

El Otorongo, informado de lo que pasa, manda a decir que no ventilará el asunto con ningún representante, argumentando que no acepta intermediarios e inmediatamente ordena que acudan a su presencia los descontentos. Al momento todos se congregan en torno al monarca.

Al enterarse el pequeño puma del sentido de la convocatoria donde no estaba incluido y debido a que nadie se molestó en considerarle en este nuevo colectivo, se sintió liberado... justo el momento en el que divisó una silueta felina-femenina que pasó sigilosa y raudamente entre las sombras, por eso, pensando que era a quien buscaba la siguió hasta divisarla plenamente y descartarla como la puma que andaba buscando, ya que ésta, presentaba negras manchas moteadas en todo el cuerpo o sea era un jaguar hembra, todo esto justo cerca al lugar de la asamblea, donde finalmente se quedó de observador.

La reunión empieza en medio de un ambiente tenso... hasta que el Otorongo toma la palabra y como siempre, en vez de escuchar, dar

razones o explicaciones... con grandes rugidos, amenazador, pregunta al armadillo: ¿Qué tienes que decir?

Asustado, sorprendido, balbucea el desdentado armadillo:

- Bueno... este... yo sólo intentaba...
- ¡¿Qué?!... se escucha al Otorongo.
- Nada... responde el armadillo.
- ¿Lo escuchan todos? él ni siquiera sabe lo que quiere o intenta... como no está resuelto, decidido: ¡Fuera!... concluye el Otorongo.

Y clavando la mirada en el loro, ruge nuevamente:

- ¡¿Qué quieres?!

El ave, espantado, vuela hacia un lugar seguro en la copa de un árbol y desde allí, tartamudeando, no puede argumentar nada claro.

- No me importa lo que diga, pero tú tortuga: ¿Qué ibas a decirme?... cuestiona el monarca.
- No nos permites tomar del bosque lo suficiente para nuestras necesidades... argumenta el quelonio (tortuga), retrayendo todo su cuerpo dentro del caparazón.

Desfigurado por la ira, ruge el Otorongo diciendo que todos reciben lo que se merecen.

El pequeño puma aún no se repone de la sorpresa, por la violenta reacción del Otorongo, cuando descubre que el mono situado al lado del monarca repite, copia, como un eco las palabras del felino emperador, imitando su postura por momentos, por momentos haciéndole barra.

Atónito el puma piensa para sí: Pero si todos dijeron que estarían juntos, que lucharían por una causa común... ¿Qué hacen?

Y al ver que el Otorongo y el mono, mantienen una postura agresiva, piensa: muy listo el tipo, "divide y reinarás", y cayeron redonditos... nada hubiera podido hacer por ellos.

Ahora ¿qué hago yo aquí?, se dice y agrega: será mejor que vuelva a casa a replantear mi estrategia de búsqueda. Por lo tanto, debo abandonar el lugar.

Al rato, escucha un concierto de rugidos y ruidos indescifrables a la distancia desde el camino de retorno a casa.

Atrás queda la selva, y ahora en sus dominios, sin esperanza, resignado a su suerte, lentamente en el camino va olfateando para ver si encuentra rastros de alimento... hasta que un leve rugido desde un peñasco le llama la atención, y al dirigir la mirada a ese lugar... su rostro se ilumina y ¡oh sorpresa!... descubre la imagen tan anhelada de su dulce ilusión: la hembra de puma de encantadora mirada.

Sin pérdida de tiempo, desbordando de alegría, sin poder controlar la emoción, sube para alcanzarla... llega junto a ella con mimos, tumbos y piruetas, hasta que de un risco cercano escucha el potente rugido de un fornido y bien dotado puma... ella sin hacer un solo gesto, ni ademán, se aleja a una pequeña grieta en el cerro, de donde luego, asoma junto a varias cabecitas de bebés pumas.

Sorprendido, helado, boquiabierto, por unos momentos no siente sus piernas y casi pierde el equilibrio... sólo entonces se da cuenta de lo que pasa, al escuchar nuevamente, más fuerte, cercano y amenazador, el rugido del puma adulto, seguramente padre de los pequeñas pumitas.

Como en los casos de guerra, el destino es vencer o ser vencido... sabe que ha perdido, por lo tanto, debe retirarse con el alma rota, las ilusiones deshechas.

Desesperanzado, abatido, desfalleciendo... continua su camino a casa, dando gemidos, suspiros, como si perdiese el último aliento, hasta que ve a un enorme cóndor, a quien se acerca para decirle que, si le apetece, puede devorarle en el acto, ya que la vida no le interesa sin su amada.

Al cóndor se le hace agua el pico, al darse cuenta de que obtiene tan fácil este enorme bocado. Pero el cóndor responde que no es su estilo devorar vivo a sus alimentos y que esperará hasta que por sí mismo se quede bien muerto... pasa un par de días y el cóndor alucina con su comida que yace tendido en el suelo, inerme, esperando su fin.

Cuando todo parece consumado, y el cóndor se acerca peligrosamente sobre el pequeño puma, el estruendoso rugido de un anciano puma cerca de ellos, hace que el cóndor despavorido se eche a volar, huyendo hacia una roca cercana.

El viejo puma que parece ser miembro de su manada, preocupado indaga lo que sucede y escucha del pequeño felino las explicaciones acerca de sus penas... tras lo cual, luego de dar vueltas al asunto le dice:

- Yo no soy un animal instruido, por lo tanto, no tengo mucho que decir, pero sé que ni siquiera en los cuentos hay soluciones mágicas a los problemas... ya que cualquier solución pasa por tomarse su tiempo y paciencia, hasta encontrar una salida lógica de acuerdo con la óptica y experiencia de cada uno. Ningún consejo aliviará tu dolor, sin embargo, no hay que perder de vista el horizonte... debes tener en cuenta que desde hace miles de años, se repiten los mismos hechos y nadie muere de amor… si no ya nos hubiéramos extinguido. Espera otra oportunidad, de ser posible prepárate, para afrontar de mejor manera una situación similar, cuando llegue la ocasión.

- Ahora, ¡levántate y anda!

Alertados por el cóndor, otras aves rapaces y carroñeras, empiezan a aglomerarse en torno a los pumas… mientras que el pequeño puma, a pesar de las razones esgrimidas por el adulto, insiste en querer morir.

Cansado el viejo puma, cambiando de semblante, le dice:

- Si vas a morir, no será en las manos de nuestros enemigos, sino en mis garras y colmillos.

E inmediatamente el pequeño puma recibe una zarandeada que le hace rodar, hasta caer en un pequeño charco de agua helada, de donde, como un resorte, sale disparado, corriendo… seguido del adulto que va gruñendo.

El viejo puma no le da tregua, hasta llegar al pie del empinado cerro que les sirve de guarida, donde encuentra a su clan, quienes, al verlo, lo reciben con alegría, le ofrecen todo tipo de atenciones, cuidados, alimentos y afecto… ¿para qué está la familia, ¿no?

Y desde esa vez, cuando el viejo recuerda este episodio, empieza el sermón diciendo:

- Cuando los jóvenes no quieren escuchar, o cuando nuestra razón no les convence y tenemos la certeza del peligro inminente… la fuerza y la ortiga les resulta saludable… o de otra forma: si observo acercarse a velocidad a un tren y miro a alguien en las vías del mismo tren… no tengo que convencerle a ese alguien del peligro… etc.

Por su parte, el pequeño puma -ahora adulto-, después de muchos años, ya olvidó aquel inocente amor, que desvaneció frente otras experiencias de pasión, atracción y sensaciones amorosas intensas y maduras.

Pero algunas noches su silueta errante, bajo la luz de la luna, va pronunciando un leve murmullo como el estribillo de alguna canción: "corazón de ámbar tú y yo... ¿en qué lado del tuyo fosilizado estoy?, Adivina... ¿en qué lado del mío, dándome vida, permaneces?"

FIN